ファン文庫

JN152243

（アイドルを目指す）もぐらのすうぷ屋さん

著　鳩見すた

マイナビ出版

目次
CONTENTS

一杯目

かぼちゃのポタージュ

～人はモグラより
見えすぎているから～

1

『起きたら、まずは白湯《さゆ》を飲みます。それから少しストレッチ。ぱぱっと二十分くらいでメイクをすませたら、自転車で通勤します』

動画で優雅なモーニングルーティンを紹介する彼女は、広告代理店系配信者の「ももちょも。」。

『カフェに寄ってコーヒーを買いました。出社したらまずメールチェックですね。それから同僚と雑談して、朝はインプットに費やします』

私の場合はこうしてつり革につかまりつつ、「ももちょも。」さんの動画を見ることが朝のインプット。

『その後はだいたいミーティング。上司とはKPIの確認がメインで、クライアントの対応は任せてもらってます。終わったら社内のジムに行って――』

「社内のジム!」

思わず声が出てしまい、私は慌てて咳払いをした。

そっと車両内を見回してみたところ、咎《とが》めるような視線はない。

安堵の息を吐き、スマホの動画を一時停止する。

顔を上げて地下鉄の窓ガラスを見ると、「これが本当の『ぱぱっと』です」と言わんばかりな、五分でメイクをすませた私が映っていた。

乾かす時間を減らしたいから、髪はショートカット。

選ぶ時間から解放されたいから、通勤服はパンツスーツ。

マスクで下半分を隠した顔は、三十歳にしては疲れている——というほどでもないけれど、「ももちょも。」さんみたいにきらきらしていない。

「こっちは職場まで、乗り換え含めて十六駅だしね……」

電車を降りて雑踏《ざっとう》にまぎれながら、マスクの中でそんなことをつぶやく。

優雅に働くインフルエンサー配信者の「ももちょも。」さんは、私と同い年。仕事も同業の広告プランナー。

けれど環境は、どうしようもなく違う。

彼女は大手の代理店で、私は中小どころか弱小事務所。

彼女はフォロワー十七万で、私は顔見知りが数人。

規模も知名度も違うので、当然お給料には差がつく。

「お待たせしました。ショートサイズのドリップコーヒーです」

カフェで買うコーヒーも、私のそれは一番安い。

けれど私たちの仕事はクリエイティブ。こういう仕事の朝はコーヒーと相場が決まっているので、私は意地だけで毎日三百五十円を捻出《ねんしゅつ》していた。

「本当はスープとか飲みたい……」

出社してエレベーターに乗り、苦い「意地コーヒー」をすする。

「おはようございます」

オフィスで挨拶しても、誰からも返事がない午前九時。

朝が遅い業界だから、というわけではなく、単に今日が日曜日だから。

「そのぶん、仕事は捗《はかど》るし」

こうして気兼ねなく、ひとりごとも言えるし。

せまい事務所で自分のデスクに座り、パソコンを開く。

インフルエンサーの「ももちょも。」さんはメールチェックから仕事が始まると言うけれど、私の場合は勤怠管理《きんたいかんり》のソフトを立ち上げるところから。

「ICカードなんてないからね……相楽夏葉《さがらなつは》、出勤っと」

言いながら上着を脱いで、メールに目を通す。

クライアントには返信。デザイナーには修正指示。

ライターには仕事を投げ……ようかと思ったけれど、チラシの求人広告は予算がないので自分で原稿を書く。ポスティング業者の手配も自分で。営業して取ってきたウェブ広告の撮影用に、スタジオを予約。台本を書いて、絵コンテも描く。

私の肩書きは「広告プランナー」だけれど、従業員がたった五人の事務所では「なんでも屋」にならざるを得ない。

そのぶんスキルは磨かれていると思うから、

「『ももちょも。』さんの会社でも、通用すると思うけどな」

愚痴のような願望も口からこぼれてしまう。

そんな調子で仕事をこなし、時計を見ると午後一時。

我ながら休日出社でよく働いているので、お昼はちょっといいものを食べたい。

「まあ日曜のオフィス街で開いてる店って、選べるほどないけど」

必然的に、お高いトラットリアで食べることになりそう。

「安月給の身には痛いけど、開いてないならしょうがないし」

自分へのごほうびを正当化しつつ、バッグを手に会社を出る。

街には人がほぼいない。ウィークデーには華やかなキッチンカーが並ぶ道も、今日は静かでうらさびしい。

「ホラー映画の主人公になった気分……ん？」

いつもと違う景色の中に、私は変なものを見つけた。

お高いトラットリアへの抜け道になっている、ほんのりと暗い路地。

ビルの裏口が並ぶその通りに、見慣れない木製の看板が出ている。

それがどうして「変」かというと、まず看板のサイズがものすごく小さい。

具体的には手のひらに載るくらいで、百均で売っているミニチュアの大きさ。

そこに筆で書かれている文字も、これまた意味がわからない。

『根《こん》かふぇ』……？」

なにかしらのコンセプトがある飲食店を、「コンカフェ」と言ったりする。従業員がメイドさんの格好で接客してくれるという、メイドカフェもその一種。

「『コンカフェ』に引っかけて、根菜料理を提供するお店？　うーん……」

健康志向のランチはいつだって女性に人気だし、小さな看板で「隠《かく》れ家《が》感《かん》」を演出するのも悪くない。

でもそのコンセプトなら、この店名は微妙だと思う。

最近はガールズバーのようなお店も、「コンカフェ」と呼ぶようになったから。リーチしたい客層が女性なら、この店名はむしろマイナスになる。

「言葉遊びしたくなる気持ちはわかるけどね。でも飲食店だって考えると、無難なほうがいいかも」

職業柄、こういうことは気になってしまう。広告の仕事は基本的に、クライアントのお客さんを増やすことだから。

「でも根菜料理は気になるし、入ってみようかな」

そして好奇心が強いのも、この職業には必要なこと。

私は小さな看板を頼りに、地下へと続く階段を下りた。

「ここ……？」

地下は一階までらしく、すぐに黒いドアを見つけた。

ドアの表面にいろいろ書かれた紙が貼られているので、しばし眺めてみる。

「……なるほど。ここは『間借りカフェ』ってことね」

夜はバーを営むこのビルのオーナーが、昼の時間だけ店を貸しているらしい。

月水金はスペインバルで、火木土はネパールカレーのお店とのこと。

「じゃあ日曜しかやってない『根かふぇ』は、相当レア……気になる」

私は好奇心をうずかせつつ、ドアノブを回した。

いらっしゃいませ――というような声は聞こえてこない。

店内はほとんどカウンターが占めていて、テーブル席はひとつだけ。メインの業態がバーなのだから当たり前だけれど、思った以上にせまく薄暗い。

そしてこんな風に見渡せるのは、目を留めるべき店員さんがいないから。

「あの、今日ってやってます……？」

おずおずと声を出すと、視界の端でなにかが動いた。

「……犬？」

店の隅で、お座りしたゴールデンレトリバーがこっちをじっと見ている。

「かわいい……でも店員さんは……」

ふいにレトリバーが立ち上がり、こちらに近づいてきた。

品のいい老紳士みたいな顔の犬が、私の前ですとんと腰を下ろす。

するとふさふさした金色の毛の上で、なにかが動いた。

「なんかかわいいのがいる！　しかも二匹！」

一見するとハムスターのような、ふわふわした二匹の小動物。

大きいほうは茶色っぽい毛で、体に比べて手が大きい。

小さいほうは黒っぽい毛で、鼻と尻尾が少し長め。

二匹の生き物は犬の頭上に二本足で立ち、小さな目で私を見上げている。

「……えっと、きみたちはネズミ？」

私は無邪気に尋ねた……ように見えるだろうけれど、頭の隅では「撮れ高」を意識していた。要するに、誰かが動画撮影をしている可能性を考えていた。驚くだけの反応はありきたりだろうという、ささやかなサービス精神だ。

しかし質問に対し、忍び笑いが聞こえてくるということはなかった。やっぱり最初の印象通り、辺りに人はいないらしい。

「きゅう」

鳴き声のようなものを発し、二匹の生き物がふるふると首を横に振った。

まるで言葉が通じているかのような反応に、私は眉をひそめる。

「まさかね……」

つぶやきつつ、あらためて二匹の生き物を観察した。

たしかに、ネズミほどはシュッとしていない。どことなくずんぐりとしたシルエットで、毛がふわふわで、よく知っているようで見たことがない。

「じゃあ、ウサギ？」

違うよねと思いつつ聞くと、二匹はまた首を横に振る。

「うーん……なんだろう……」

頭の中でほかの動物を探していると、二匹の生き物はしびれを切らせた。黒くて小さいほうが、すちゃっとサングラスをかける。茶色い大きいほうは、工事現場でよく見る黄色いヘルメットをかぶった。

「……あ、わかった。モグラ！」

二匹がくいっとうなずき、ぽふぽふと拍手してくれる。

仕草がかわいくてにこにこしてしまったけれど、頭の中は大混乱だった。モグラって言葉がわかるの？　わかるわけがない。わかるとしたら地底人？　この子たちの目的は地上の征服？　……落ち着こう、私。

可能性としてありそうなのは、「仕事のしすぎで幻覚を見てる説」だと思う。

「そういえば、子どもの頃に少女マンガで読んだかも……」

風邪で休んだ日を境に、人の姿が妖怪に見えるようになった女の子の話。あれはものすごく怖かった。最後に自分を鏡で見たときのオチが特に——。

「……ん？」

私がトラウマを思いだして身震いしていると、レトリバーの頭上でモグラ二匹が懸命に体を動かしていた。

どうやら短い手で、カウンターの席を示しているっぽい。

「ジェスチャー……？　座れってこと？」

モグラたちが、ひょこひょことうなずく。

こんな風にコミュニケーションができるのだから、二匹は人間だと思う。私がマンガの少女みたいに、人がモグラに見えているだけなのだろう。二足歩行だし。

「あの、おふたりは店員さんですよね？」

私は椅子に座りつつ、モグラたちを振り返った。

すると、犬も二匹も見当たらない。

はてと正面に向き直ると、カウンター越しに三匹目のモグラを発見する。

三匹目はスツールの上に立ち、ふわふわの背中を見せていた。

先の二匹よりも体が大きく、頭にバンダナを巻いている。

どうやらコンロのお鍋に向かい、おたまで中身をすくっているらしい。

「あの……」

声をかけようとしたところ、三匹目が顔だけ振り返った。バンダナからはみだした毛が前髪のようで、ややナルシストっぽい印象がある。

じっと見ていると、三匹目は片方だけ見えている目をぱちりと閉じた。

「ふぅん」

いまの「ふぅん」は、このモグラの鳴き声?

モグラって、こんなおじさんみたいな声で鳴くの——って、違う。

モグラに見えているのは、仕事のしすぎで疲れている私だけ。

「でも声まで違って聞こえるのは、さすがにおかしくない……?」

なんて考えていると、カウンターの向こうから別の鳴き声が聞こえてきた。

「きゅう!」

「ぴぃ!」

さっきの二匹——茶色いモグラと小さくて黒いモグラが、お鍋のそばで力をあわせてお皿を持ち上げている。

はらはらと見ていると、二匹はそのままレトリバーの頭上に乗った。

そうして私のいるカウンターまで、犬の背中に乗ってお皿を運んでくる。

「ぴい」

お皿を抱えた二匹のモグラが、どうにかカウンターに到着した。

二匹は置かれていた布巾の上で、丁寧に足を拭いている。

「きゅう」

茶色いモグラが、得意そうに鳴いた。料理名を言ったような気がする。

お皿の中身は、オレンジがかったスープだ。漂っている匂いからしても、「かぼちゃのポタージュ」だろう。

「おいしそう」

ひとりごとが癖になっている私は、こういうときに素直な感想が出る。

すると二匹のモグラが、こくこくと高速でうなずいた。「おいしいです。おいしいです」と言うように。

「かわ……」

私は反射的に言いかけて、とっさに口をつぐんだ。

二匹はモグラに見えているだけで人間のはずだ。もしも相手が若い男性だったりしたら、「かわいい」はいろいろとよくない。

でも人間が、小さなお皿をふたりがかりで運んだりするだろうか？

新たな疑問が浮かんだところへ、モグラたちがまたなにか運んでくる。

「ぴ」

こんどは黒く小さいモグラが、おそらくは料理名を言った。

運ばれてきたバスケットには、ラップに包まれたパンが入っている。パンの中央には切れ目があり、きつね色の揚げ物がはさまれていた。

「私まだ注文してないけど、これ食べていいんですか」

思わず口にすると、スープをよそってくれた大きなモグラが振り返る。

「ふぅん」

なにを言っているかわからないけれど、食べてもよさそうな雰囲気はある。

間借りのお店だったらメニューが一品だけということはあるし、メニューがないなら注文をする必要もないのかもしれない。

「いい匂い……」

スープからは、あたたかい湯気と甘い香りが立ちのぼっていた。いっとき忘れていた空腹感が、きゅるきゅると胃を動かす。

三匹のモグラたちは、それぞれが小さな目で私を見守っていた。あの一生懸命な働きぶりを見たら、食べないなんて選択はできない。

「いただきます」

私はスプーンを手に取り、オレンジ色のスープを口に運んだ。

まずその舌触りの滑らかさに驚く。ポタージュ特有のざらりとした感じがなく、それでいて完全な液体ではない。ほんのわずかな、コーンポタージュと同じくらいの飲みやすい「もったり感」がある。

その味は甘くクリーミーで、私の知っている「かぼちゃのポタージュ」そのものだけれど、すべてのパラメータが最高というか、要するにすごくおいしい。

「これ、かぼちゃの風味が濃厚で、バターのコクがまろやかで。あたたかいのに清涼というか、すっきりとしているのに後を引く味です」

私の職業的な食レポに、モグラたちは満足そうにうなずいてくれた。

店員がモグラに見えるのは困るけれど、このスープは本当においしい。家庭料理みたいな素朴さもありながら、家では食べられないプロの仕事も感じる。

よほど素材がいいのか、シェフの腕がいいのか。

「きゅう」

茶色いモグラが、ジェスチャーでバスケットを示した。

このパンも食べて、ということだと思う。

すでに抵抗はなくなっていたので、私は早速ラップをはがした。

「これは……コロッケ？」

なつかしい感じのコッペパンの間に、たっぷりのキャベツとソースのかかったコロッケがはさまれている。

どう見ても普通のコロッケパンだと感じつつ、ひとくちかじってみた。

味はまたも想像通り……なのだけれど、それがやけにおいしい。

コロッケの衣がざくざくとしていて、キャベツはしゃきしゃきで、新鮮で手作り感があり、ジャンクでありながら体によさそうな味だ。

「これもおいしいです。ほかにもパンはあるんですか？」

モグラたちに目を向けると、はっとしたような表情の三匹。

「ぴ……」

わたわたと仕事を再開して、黒いモグラが恥ずかしそうに鳴いた。

カウンターの上には野菜の入ったボウルと、ドレッシングの小鉢がある。

どうやら、出すべきメニューを忘れていたらしい。けっこう重大なミスだと思うけれど、それすら愛おしく感じるほどにモグラたちは「かわいい」。

口に出せない代わりに、さっきから私はにやけっぱなしだ。

「これ、なんだろう……こっちも……」

サラダの中に見たことのない野菜をいくつも見つけて、フォークを伸ばす。

まずフリルみたいな葉野菜をかじってみると、くにくにとしたキクラゲのような食感で、不思議なおいしさがあった。赤いカブみたいな根菜はシャキシャキしていて、すりおろしニンジンのドレッシングとよくあう。

「サラダもおいしい。これ、なんていう野菜ですか」

フォークの先に刺した葉野菜を見せると、モグラたちは首を傾げた。こちらの言葉が通じていないのか、それとも名称を知らないのか。ともかくその様子は――。

「……かわいい」

ついに言ってしまったけれど、モグラたちがいやがる様子はなかった。

ほっとしつつ、このお店自体のことを考える。

料理は素晴らしくおいしい。おいしいけれど、食べる前に料理の名称と価格くらいは知っておきたかった。そこがちょっと残念かもしれない。

まあいまの私は、なにを聞いてもモグラの鳴き声に変換されるけれど。

「おいしかったです。ごちそうさまでした」

言って席を立ちかけたところ、茶色いモグラがなにかを差し出してきた。

ラミネート加工された、A4サイズのカードだ。

メニューがあるなら先に出してとツッコみたかったけれど、カードの一番上に書かれている文字は、「このお店の説明書」だった。

・ここ「根かふぇ」は、茨城県古我市《いばらきけんこがし》のアンテナショップです。

・運営は「道の駅」の関係者で、毎週日曜の正午から十七時まで営業しています。

冒頭の一行目から予想外だった。

アンテナショップは「地方の名産品を扱うお店」というのが一般のイメージだと思うけれど、主な目的は地域のＰＲ活動だったりする。

わかりやすく言うと、狙いは利益よりも知名度アップだ。

そのはずなのに、店内を見回しても特産品などは置いてない。

それどころか、パンフレットの類も見当たらない。

これはもったいない。私は料理のおいしさから、「古我市」に興味を持った。あの謎の野菜の正体も知りたいし、通販ができるならコロッケパンだって買いたい。

「とりあえず、続きを読んでから考えよう……」

・この店のモグラたちは、アイドルになることを目指しています。

「えっ」

三行目で、さらりとモグラの存在が認められていた。

顔を上げると、三匹はそれぞれが得意気にポーズを決めている。

「いや、アイドルなことを疑っているわけじゃなくて……」

そもそもモグラとコミュニケーションを取れていることが信じられない、というかありえない。その説明はないかと先を読み進める。

・茶色くて中くらいの大きさの子が、アズマモグラの「もぐる」です。もぐるくんはグループのリーダーで、人とのコミュニケーションに積極的です。

そういえば最初に会話したのもこの子だっけと、茶色いもぐるくんを見る。

小さな瞳で私を見上げるもぐるくんは、両腕を左右に動かしていた。

続きを読んでという、ジェスチャーだと思う。

・黒っぽくて一番小さい子が、ヒミズの「ミチル」です。ヒミズはモグラではないのですが、まあまあモグラです。ミチルくんは恥ずかしがり屋なので、あまり見つめないであげてください。

「まあまあモグラって……」

レトリバーの頭上のミチルくんを見ると、もぐるくんの背中にさっと隠れた。

少なくとも、この項の内容は正しいようだ。

・一番大きく灰色がかった体の子が、コウベモグラの「神戸《こうべ》さん」です。グループでは最年長で、どこか大人っぽい魅力のあるモグラです。

「さっきのウィンクが、大人っぽいってこと……？」

私が注目すると、神戸さんは流し目をしつつ前髪のような毛をかき上げた。

「……って、私が欲しい情報はメンバー紹介じゃないし！」

説明書に翻弄《ほんろう》されつつ、さらに読み進める。

・モグラたちは料理ができません。縁のある農家さんたちが作ってくれた料理を運んだりします。キッチンではあたためる程度です（それでもおいしい！）。

「それはそう」

思わず同意した。同時においしさの理由が素材のよさだとわかり、やっぱり宣伝不足がもったいないと感じる。

・お店の売り上げで、モグラたちはダンスレッスンやボイトレに通います。
・モグラたちの最終目標は、地元茨城県での公民館ライブです。

「スタートが荒唐無稽《こうとうむけい》なのに、ゴールは意外と地に足が着いてる……」

アイドルの目標と言えば、普通は武道館やドームでのライブだと思う。そこを目指さないのは、なにか理由があるのだろうか。

・いかがでしょう？　モグラたちを推したくなりましたか？　モグラたちは人間社会に慣れていないので、お客さまひとりひとりがプロデューサーとなってサポートしてあげてください（これを書いているわたしもお客です）。
・というわけで「お会計」は、お会計ボックスでお願いします。

「少なくとも、私だけが遭遇した怪現象ではないと……」

安心はしたけれど、私が求めていた情報はもっと根本的なものだ。

賢い犬ですらここでは馬役なのに、なぜモグラがこんな風に働けるのか。

一縷《いちる》の望みで説明書をひっくり返すと、裏に一行だけ書かれていた。

・店の隅にお座りしているゴールデンレトリバーは、「オーナー」です。

「たしかにオーナーなら、働く必要はないけど……！」

私は脱力して、椅子の背もたれに体をあずけた。

「きゅう？」

リーダーのもぐるくんが、「どうでしょう」と問いかけているように見える。

「どうと言われても……」

こんな風にモグラとコミュニケーションが取れるのは異常だと思うけれど、不思議と怖さはない。たぶんもぐるくんたちが真剣で、夢に向かって努力しているという話にはうそがなさそうに見えるから。

「きゅう？」

またもぐるくんが、なにかを訴えてきた。

「えっと……もしかして、お会計？」

尋ねると、もぐるくんが慌てた様子で付箋紙を一枚持ってきた。

そこにはスープセットの価格が千円であることや、サラダに入っていた野菜の種類までもがしっかりと書かれている。

「赤い根菜は『紅三太大根《べにさんたいこん》』で、フリルの野菜は『プチヴェール』……これとか、食べる前に見たかったな……」

愚痴のようにこぼすと、もぐるくんがうなだれた。

眉毛もないのに、明らかにしょんぼりしているのがわかる。鼻付近のヒゲも、くったりとしおれている。

「ごめんね。そんなに落ちこまないで。次からがんばろう」

思わず手を伸ばすと、指先がもぐるくんの頭の毛に触れた。

「ふわっふわ……じゃなくて、元気出して」

小さな子どもにするように、しばらく指先でなぐさめる。

やがてもぐるくんは目を見開き、顔を上げてくれた。

「きゅう！」

メモを取るような仕草をして、もぐるくんが私の言葉を待っている。

「いや、アドバイスとか、そういうのは……」

「ぴぃ！」

「ふぅん」

ヒミズのミチルくんも、コウベモグラの神戸さんも、私を一心に見上げていた。

たぶん、「プロデュース」を期待しているのだと思う。

その真剣な表情に心が揺らぐも、私は心を鬼にして席を立った。

「ごめんなさい、またきます」

会計ボックスに千円を入れ、逃げるようにお店を出る。

足早にオフィスに戻ると、誰もいない空間で大きく息を吐いた。

「無理！　限界！　なにあのかわいさ！」

特にもぐるくんの、黒ゴマみたいに小さな瞳！

触ったらふわっふわだった、やわらかい毛！

あの一生懸命な向上心と、すぐに落ちこむよわよわメンタル！

「おまけに料理もおいしいし、食べて応援できるアイドルってわかりやすい。ゴールが公民館ライブってのも、なんとかなりそうで推したくなる！」

じゃあなんで、親身に相談に乗ってあげなかったのか。

「だってクライアントのことを知りもしないで、安易なありもののプランを提案したくないし。まずは――」

私はパソコンを開き、モグラという生き物について調べ始めた。

2

平日の仕事は、基本的に外回りが多い。

小さな我が社の主力はいまも新聞の折りこみ広告なので、クライアントには定期的に会って「ご機嫌うかがい」する必要がある。

これに関しては、インフルエンサーの「ももちょも。」さんも同じだろう。

まあ大企業のマーケティングチームとランチミーティングか、個人経営のおじさんとサイダー飲みながらの立ち話かの違いはあるけれど。

「つーかーれーたーなー……」

今日も十人以上のお客さんと会い、身も心も疲れきっていた。エレベーターでひとりになったら、しっかりと声に出してガスを抜く。

「でも明日は土曜日。一日ゆっくり休んで、次の日は……ふふ」

先週の日曜日、私は不思議なお店を発見した。

店の名前は「根かふぇ」。茨城県古我市のアンテナショップ。

そこで「かぼちゃのポタージュ」を始めおいしい料理をいただいたけれど、接客してくれたのは三匹のモグラだった。あと犬。

モグラたちはアイドルを目指していて、みんなそれぞれかわいらしい。

調べたところ、モグラの生態は正確にはわかっていないという。

理由は簡単で、地中の生き物は観察できる機会が少ないから。

だから人間とコミュニケーションを取り、スープ屋さんで働くモグラが、絶対にいないとは言い切れない。

まあ生物学的には簡単に否定されそうだけれど、ひとまず自分を納得させることには成功した。というか私自身が、納得したかったのだと思う。

「だってもぐるくんたち、健気《けなげ》なんだもん……」

見た目だけでも庇護欲《ひごよく》をそそられるのに、犬と助けあったり、二匹でぷるぷるしながらお皿を運んだりで、全力で応援せずにはいられない。

私の推しは、一生懸命にこちらとコミュニケーションを取ろうとしてくれたもぐるくん。性格が落ちこみやすいところも、励ましてあげたくなる。

実際に指先で頭をなでたりもしたけれど、あれはよくない気がする。モグラであっても、相手はアイドルなのだから。

「早く会いたいな……あとひと仕事、がんばろう！」

自分を鼓舞《こぶ》して、エレベーターを降りたときだった。

「どうした後輩。めっちゃにやにやしてるぞ」

目の前にいた先輩社員に聞かれ、私はすぐさま真面目な顔を作った。

「なんでもないです。先輩は早くもお帰りですか」

「チクチク言葉やめろ。定時なんだからいいだろ」

顔をしかめる先輩は、働き盛りの三十二歳。けれど趣味はパチンコ、お酒、ガールズバーという、人生すべてがひまつぶしみたいな人だ。

「私はないなー。定時で帰ったこと」

「令和にその感性……おまえ本当は、昭和生まれじゃないか？」

「先輩、それセクハラです」

「こっちが逆パワハラを受けてるんだよ！　みんなノルマはこなしてる。ひとりで休日出社までして、周りに圧をかけるな」

このブラック社員めと、先輩は息巻いている。

「私だって、土曜は休みますよ。働くのは日曜だけです」

「あのなあ……いくら残業したって、出世も昇給も見こめない会社だぞ。なんでそんなに働く必要がある」

「業績が上がれば、会社が大きくなります」

会社が大きくなれば、私も「ももちょも。」さんみたいにきらきらできる。

「なるわけないだろ。うちは個人でやってるような商店から、求人広告をもらうだけの会社だ。業績なんて上がりようがない」

そういう個人経営の店は、年々減ってきているから。

「だから私が、ウェブの仕事も取ってきたじゃないですか。先輩も一緒に事業拡大しましょうよ。モチベーションは自分で作るものです」

そう言ったのは、「ももちょも。」さん。

「サビ残で、モチベが保てるわけないだろ」

あからさまに、いやそうな顔をする先輩。

「先輩は私と同じで独身ですし、基本的に日曜日はひまでしょう？　仕事がなくなってからじゃ遅いですよ」

スマホでスケジューラを確認し、振れそうな仕事がないか探してみる。

「日曜は馬がある。それにな、後輩。人間は二十四時間働けないんだ」

「昔のコピーみたいに……私だって、そこまで働いてませんよ」

「そうやって、いつもスマホを見てるだろ。絶え間なく情報をインプットしつづけるなんて、二十四時間ずっと働いてるようなもんだ」

「ショート動画とか、なにも考えずぼーっと見てますけど」

「リラックスしているつもりでも、視覚からは膨大な量の情報が流れこんでくる。本来は頭を休める時間にも、おまえは脳をぶん回しているわけだ」

要するに、「仕事をしたくない」という言い訳だ。勧誘はあきらめて、話題を変えることにしよう。

「ところで先輩。最近、新しくできたお店とか行きました？」

「後輩。転職活動、うまくいってないのか？」

こういうとき、私は顔に出るタイプだ。

「な、なんでそれを……！」

「メールで『お祈り』されてるんだろ。『実績不足』だって。だから日曜日に出社してまで、それを作ろうとしている」

「うっ……」

「この業界は、いい店を知っていると信用を得やすい。経験よりも重視される」

「くっ……！」

すべて、先輩の言う通りだった。

業界歴が長くても、会社の知名度が低いと転職ではまるで役に立たない。あの日「根カフェ」に躊躇《ちゅうちょ》せず入れたのも、話の種を探していたからだ。

「いつからだろうな。広告を『クリエイティブ』と言うようになったのは」

先輩が、もともとゆるんでいたネクタイをさらにゆるめた。

業界では制作した広告のことを、「クリエイティブ」と呼ぶ慣習がある。広告における成果物の多くは、キャッチコピーやグラフィックデザインといった芸術性に富んでいる。すなわち無から創造するものだから、ということらしい。

「持って回りますね」

「俺は美大を卒業したときに、アーティストの夢を捨てたんだ」

「先輩、美大出身だったんですかっ？」

どこからどう見ても、くたびれやさぐれサラリーマンなのに。

「おまえは物事を、『情報』で判断しすぎだ。きちんと目の前のものを見ろ」

「くたびれやさぐれサラリーマンを……？」

「俺のことじゃない！　俺の知りあいに、新卒で入った会社を三ヶ月で辞めたやつがいる。入った会社が、いわゆるブラックだったんだ」

「そういうの、入る前に調べますよね。わかってて入ったんじゃないんですか？」

　企業名で検索すれば、レビューはいくらでも見つかる。

「続きがある。ともかくそいつは三ヶ月で辞めた。ブラック企業に勤めて疲弊する人間の情報はたくさんあったし、誰に聞いても『辞めろ』と言われたからだ」

「それはそうでしょう。第二新卒扱いにもなりますし」

「そいつもそう思って、もう一度就活を始めた。厳しい戦いだったが、なんとか内定を手に入れた。そして中途入社して、今度は一ヶ月で辞めた」

「は？」

「そいつは言ったよ。『今度は本当にブラックだった』って」

「はあ」

　しょうもない話すぎて、リアクションが適当になってしまう。

「二社目に入って気づいたんだ。前の会社は言うほどブラックじゃなかったと。いくらか昭和的な社風だったが、労基法には則していた」

「つまり最初の会社を辞めたのは、その人の根性がなかったってことですか？」

また「昭和」と返されそうだと思いつつ聞く。

「そうなる。だが根性がないことより、判断を他人に委ねたほうが問題だ。主観まみれのレビューを信じ、ブラックは辞めるべきというネットの風潮に流された。自分自身の目で見るべきものを見なかった。あいつはそれを後悔している」

要するに、情報に踊らされたという話だろう。

「結局、先輩はなにが言いたいんですか」

「そこはいい感じに、そっちで学び取ってくれ」

先輩はにやりと笑い、エレベーターに消えていった。

「意味がわからない……煙に巻かれただけ……？」

ああ見えて先輩は、けっこう仕事ができる。というかうちの社員はみんなそれなりに優秀だけど、おしなべて上昇志向がない。

がんばったところで見返りがないし、がんばらなくても給料は出る。だから上を見ている社員は、どんどん辞めていく。

「でも同業他社じゃなくて、だいたいは異業種……」

自席に戻ってパソコンを開くと、転職サイト経由でお祈りメールがきていた。

「実績を作るには転職が必要で、転職するには実績が必要……」

服を買いにいく服はネットで買えるけれど、職業はそうもいかない。

土曜日は十四時間ほど寝て過ごし、今日は待ちに待った日曜日。

いつものように午前中に出社して、やるべき仕事を片づける。

「よし、正午」

スマホのアラームが鳴ったので、バッグを片手に外へ出た。

ゴーストタウンのように静かなオフィス街を、ウキウキと闊歩《かっぽ》する。

「今日も出てるね」

手のひらサイズながら、達筆な「根かふぇ」の看板。これを見つけてお店に入ろうとする人は、日曜のオフィス街にはまずいないだろう。

自分の好奇心に感謝しつつ、地下への階段を下りて黒いドアを開ける。

「こんにちは」

声をかけると、「オーナー」がのそのそとやってきた。

優しい顔つきのゴールデンレトリバーは、今日も従業員を頭上に乗せている。

「きゅう！」

もぐるくんが、オーナーの頭上でひょこりとお辞儀した。

その顔つきから、私のことを覚えていてくれたとわかる。

けれど実際のモグラは、ほとんど目が見えないらしい。

光のない地中に暮らしているため、かすかに明暗がわかる程度だという。鼻や耳より重要でないからか、目は毛に覆われて見つけづらいとのこと。

もぐるくんたちはアイドルを目指しているくらいで、小さいけれどきちんと目の位置がわかる。だから目が見える、というわけではなく、私を認識できたのは嗅覚と聴覚が優れているからだろう。

嗅覚と聞くと少し恥ずかしいけれど、ちょっとうれしくもあった。

「ぴぃ」

少し遅れて、ミチルくんも挨拶してくれた。

ミチルくんはお店の説明書でも「まああモグラ」と書かれていたように、厳密にはモグラじゃない。「ヒミズ」という生き物だ。

ヒミズはモグラと違い、穴の中ではなく落ち葉の下なんかに暮らしている。そこからついた名前が「日見《ひみ》ず」。

たしかにミチルくんは尻尾も長く、モグラと言うよりネズミっぽい。けれど顔立ちのかわいらしさと、ふわふわの毛並みは、やはりモグラの近縁だと感じた。

「神戸さんも、こんにちは」

カウンターの向こうに声をかけると、背中を見せていたモグラが振り返った。

「ふぅん」

脈絡なく、ぱちりとウィンクしてくれる神戸さん。

人間のアイドルだったら年長組に相当する、落ち着いた雰囲気。それでいて、二枚目を気取る三枚目っぽさもある。でもそれは私の主観で、神戸さんはナチュラルにこういうモグラなのだろう。

ちなみにコウベモグラとアズマモグラは見た目がそっくりだけれど、生息域が西と東できれいに別れているらしい。本来のモグラは縄張り争いをする生き物なので、グループを組むに至った理由をいつか聞いてみたい。

「ここ、座らせてもらいますね。あ、メニューがあったら先に見せてください」

もぐるくんが、くいっとうなずいて付箋紙を渡してくれる。

このメモは、たぶん「根かふぇ」に料理を提供している人が書いたのだろう。前回と同じく使われている野菜もしっかり記されている。

「今日のメニューは、ミネストローネとグリルサラダ。それからやっぱりコロッケパンなんですね」

「きゅう?」

もぐるくんが私を見て、小首を傾げた。

そうして身を縮めたり大きくしたりで、こちらに両腕を向ける。

「ええと……『前はおどおどしてたのに、今日はよくしゃべるのが不思議』?」

間違っていなかったようで、もぐるくんがくいっとうなずいた。

「前回はモグラに会うのが初めてで驚きっぱなしでしたけど、今回はしっかり調べてきましたから。前よりも、たくさんおしゃべりできると思います」

私に限ったことではないけれど、人生においてなるべく失敗はしたくない。

だから物事に当たる際には、入念にネットで調べる。私が就活していた時代にもいまと同じくらいの情報があれば、きっと違う会社に就職しただろう。

ただそういう風に生きていると、アドリブには弱くなる。「いったん持ち帰らせてください」で、乗り切った仕事は多い。

「きゅう?」

もぐるくんが、キーボードを打つような仕草をした。

「『大変』、かな? うーん……調べずに焦るほうが、私はしんどいかも」

答えると、もぐるくんが感心したように深々とうなずいている。

そういえばお店の説明にも、『モグラたちは人間社会に慣れていない』とあった。

自分が人間のモデルケースになるのは、少し面《おも》はゆい。

「ぴ」

ミチルくんがもぐるくんをつつき、給仕の準備を始めた。

二匹はカウンターの上からぴょんと飛び、カウンターとキッチンの間でお座りしていた犬のオーナーの頭上に降りた。オーナーがくるりとキッチンを振り返ると、神戸さんがスープを注いだカップをオーナーの上の二匹に渡す。

二匹のモグラは、がんばってカップを持ち上げた。犬のオーナーが二匹を乗せたままゆっくりこちらを振り返ると、もぐるくんとミチルくんが飛行機のタラップみたいにオーナーの頭を降りてくる。ぷるぷる震えながら。

「私やります！」

手を伸ばしかけたところ、もぐるくんが首を横に振った。

自分たちの仕事だからというような表情を見て、胸がきゅんとなる。

こんなときめきを覚えるのは、高校生ぶりかもしれない。

「おいしそう。いただきます」

目の前で湯気を立てているのは、具がたっぷりと入った真っ赤なスープ。

ひとくちすすると、トマトの酸味にセロリのほろ苦さ、たまねぎのコクやニンジンの甘みと、野菜のおいしさが口いっぱいに広がった。

「野菜のうまみが溶けこんでる……おいしい……」

ミネストローネを飲んでいる間に運ばれてきた、グリルサラダも食べてみよう。

「なにこれ……めちゃめちゃおいしい」

オリーブオイルで焼き上げた、ナスやトマトやズッキーニ。味つけは塩とレモン程度なのに、自分の舌を疑うほどにおいしい。

「これ、本当においしいです。毎回メニューに加えてほしいかも」

そう言うと、手をぱたぱたと左右に動かすもぐるくん。おそらくは野菜を収穫しているジェスチャーだと思う。

「『その日に採れた一番いい野菜でメニューを決めるから』……かな?」

グリルサラダが常設じゃないのは残念だけれど、いつでも野菜がおいしいことは保証された。あのお高いトラットリアも、日曜は休みになるかもしれない。

「どの野菜も、すごくおいしいです。古我市に興味を持ちました」

「きゅう!」

もぐるくんが胸の前で手を動かし、幸せを届けるようなジェスチャーをした。

「『作ったみんなも喜んでくれる』……？　そういえば、もぐるくんはどういう経緯でこのお店で働くようになったんですか？」

「きゅう……きゅう……きゅう！」

あっちへいったり、こっちで踊ったり。長めのジェスチャーに真剣に取り組んでいるもぐるくんを、しばらく観察する。

「『おばあさん』のため？」

もぐるくんがくいっとうなずき、またしばらくジェスチャーが続いた。

その長い語りをまとめると、以下のような感じになる。

アズマモグラのもぐるくんは、茨城県の古我市に住んでいる。

古我市はオフィスビルが林立する都会に比べると、緑と畑に囲まれた穏やかな土地らしい。ここよりは「見晴らしがいいところ」とのこと。

もぐるくんはモグラなので、もちろん地下に住んでいた。地下とは言っても、人間がスコップで掘り返せる程度の深さだという。

モグラはいつも穴を掘っているわけではなく、基本的にはすでにあるトンネルを行ったりきたりしている。一日の大半は、そうして食料を探すようだ。

モグラの体は、とてもエネルギー効率が悪い。一日に自分の体重の半分を超える量の食事をしないと、生命を維持できないという。

これは私が前に調べた知識で、以下はそれを踏まえた想像交じりの話。

その日、いつものように穴を移動していたもぐるくんは人間に捕まった。

「おめぇか。畑に悪さするモグラっこは」

巣を掘り返したおばあさんの手によって、日光にさらされたもぐるくん。

モグラは太陽の光を浴びると死ぬ……というのは俗説なので大丈夫。

モグラが地上で生きられないのは、天敵のカラスに襲われて、逃げている間に空腹で動けなくなるから。

話を戻して、おばあさんに捕まってしまったもぐるくん。

その脳に、これまでのモグ生《せい》が走馬灯のように——流れなかったらしい。

モグラは縄張り意識が強くて、群れを作らない。いつも穴の中にいて、食べるためだけに右往左往する。

そんな孤独でなにもない日々を、もぐるくんはすごしてきたから。

「おめぇに野菜をかじられっから、うちみてぇな小さな農家は大弱りだ」

もちろんもぐるくんに、おばあさんの言葉はわからない。

ただもぐるくんは、生きたいと願った。生まれたときと死ぬときで、なにも変わらないモグ生なんていやだと。

「なんだおめ。野菜の前でイヤイヤして。おめぇは野菜を食わねぇってか」

もぐるくんは、おばあさんの手の中で生きたいともがいていた。

その動きを見て、おばあさんはそう解釈したらしい。

意図したことではなかったけれど、この件はのちの結果とも相まって、もぐるくんは人の言葉が理解できると思われるようになっていく。

そもそも、野菜をかじった犯人はもぐるくんではなかった。モグラは純然たる肉食の動物で、野菜なんて見向きもしない。

「けどほれ、こうして畑のあっちこっちに穴がある」

おばあさんの畑には、たしかに穴がぽこぼこ空いていた。けれどモグラが天敵のいる地上になんて、好んで出たりはしない。

トンネルを掘った際に出た土は地上に捨てるため、その部分は「モグラ塚」という形に盛り上がる。とはいえその穴自体は、毎回きちんと埋めている。

「母ちゃん、こっちだ！　ネズミがキャベツの葉を盗んで逃げた！」

遠くのほうで、別の人間の声が聞こえた。

モグラのトンネルは便利なので、実はネズミやアナグマも利用する。そこにバイパスを作って作物を傷つけているのは、概ねそれらの動物だった。

「あれまあ。悪かったな、疑っちまって」

おばあさんの疑いは晴れたけれど、もぐるくんは息も絶え絶えだった。もがいたことでエネルギーを消費し、食事が必要だったから。

おばあさんはもぐるくんの様子を見て、あれまと家に連れて帰る。

こうして、もぐるくんのあらたなモグ生が始まった。

おばあさんは、土を詰めた透明の衣装ケースを用意した。モグラがなにを食べるのかわからないので、冷蔵庫にあった常陸牛《ひたちぎゅう》の肉を焼いて与えた。

おかげでもぐるくんは、すぐに回復した。

モグラはめちゃめちゃ素早いし、爪もあるのでケースからの脱走はたやすい。

けれどもぐるくんは、そうしなかった。

住む場所、食事と、かいがいしく世話をしてくれたおばあさんに、恩のようなものを感じていたから。

もぐるくんは、衣装ケースで暮らすことにした。

初めて見た人間の家は、未知にあふれている。

ここには天敵もいないので、ときどきケースから出て畳の上を這い回った。その冒険でわかったことは、人間はとても複雑な生き物だということ。

生きたいと願ったらおばあさんに通じたこともあり、もぐるくんは人の言葉を理解しようとがんばった。

人間の声音《こわね》や体を動かす音で、まず「感情」をわかろうとした。

畳に土をこぼすと、怒られることがわかった。

こぼさずにいると、ほめられることがわかった。

そんな風にして、もぐるくんは人の言葉を理解していった。

やがてはそれを体で表現するようになり、ジェスチャーを通じて、もぐるくんとおばあさんは三ヶ月ほどで会話ができるようになった。

しばらくすると、おばあさんの息子である「おじさん」の言葉もわかるようになってきた。どうやらネズミの害に困っているらしい。

もぐるくんはなつかしの巣に戻り、「本道」と呼ばれるトンネルを塞《ふさ》いだ。

おばあさんもおじさんも喜び、もぐるくんも喜んだ。次に死を感じたときは、ここでの暮らしを思い返すことができるから。

「ああ。やっぱりアイドルさんはいいねえ」

その日、もぐるくんはおばあさんと一緒にテレビを見ていた。映像を見ることはできないけれど、画面の明滅や言葉の抑揚《よくよう》で、なんとなく内容はわかる。

テレビでは「アイドル」と呼ばれる人たちが、歌ったり踊ったり、インタビューをされたりしていた。

「昔ここいらの土地が、台風でだめになったことがあってねえ」

おばあさんは、うれしそうにテレビを眺めている。

農家で働く人たちが一番困るのは、やっぱり自然の災害らしい。当時はおばあさんだけでなく、農業関係者はみんな頭を抱えていたという。

「畑がこんなに荒れちゃもうだめだって、あきらめる人も多くてね。そんとき、公民館に若いアイドルさんがきたんだよ」

ブランディングの一環として、被災地の慰問をしていたグループらしい。それでいて彼らはきちんと、ボランティア作業もしてくれたという。

「名前も知らない子らだったけどね。歌や踊りを見ていたら、不思議と元気がわいてきたんだよ。みんな、またやり直そうって思えたのさ」

もぐるくんには、その理由がよくわからなかった。

わからないけれど、テレビを見るおばあさんの声はうれしそうだ。

「最近は体の節々が痛いし、またアイドルさんを見て元気をもらいたいねえ」

もぐるくんはおばあさんと出会い、モグ生が変わった。

太陽のあたたかさ。なでられる心地よさ。コミュニケーションの楽しさに、手塩にかけた作物がだめになる悲しみを知った。

なによりおばあさんから、「もぐる」という素敵な名前をもらった。

だからもぐるくんは、アイドルになりたいと思った。恩人のおばあさんを元気にするために、歌ったり踊ったりすることを夢見た。

テレビでは男性アイドルたちが、デビュー前の苦労を語っている。どうやら事務所に所属する前は、「地下アイドル」をしていたらしい。

地下のアイドルなら、自分にも目指せるかもしれない。

もぐるくんが鼻息を荒くしていると、おじさんとおばさんが帰ってきた。

「いやー、母ちゃん。すげぇことが起こったよ」

「どしたね」

「『道の駅』でな、ニンジンがちっとも売れなかったんだけどよ。冗談のつもりでこれを置いてみたら、飛ぶように売れたんだ」

おじさんが収穫した農産物を売る市場が、「道の駅」だ。

おじさんが売り場に飾ったのは、もぐるくんの写真だった。

「『ぼくが掘りました』って……おもしれぇ」

おばあさんが、うれしそうに笑った。

「ほんとにねぇ。もぐるはアイドルみたいな人気者だったよ」

おばさんも声を弾ませて、もぐるくんをほめてくれる。

「きゅう！」

もぐるくんは、身振り手振りで自分がアイドルになりたいと伝えた。

おじさんもおばさんも、おばあさんも笑った。

「もぐるはすでに、うちのアイドルだよ」

その言葉はうれしかったけれど、もぐるくんは本物のアイドルになりたい。

こうして一匹のモグラは、夢へ向かって掘り出した――。


「い、いったんここまで！」

私がなんの気なしに聞いた話は、思った以上に壮大だった。

一応はまだ仕事があるので、この辺でやめておかないと会社に戻れない。

「とりあえず、私はもぐるくんを応援します。力になりたいです」

「きゅう！」

もぐるくんが、うれしそうにくいっとうなずいた。

「じゃあ具体的に、なにができるのかですけど……」

一般的に言って、ファンがアイドルにできるのは「会いにいく」ことだろう。

すでにデビューしているのであれば、まめにライブに足を運ぶ。

デビュー前のもぐるくんたちなら、アルバイト先のお店に通う。

ただもっと、根本的な問題があるように思う。

「今日も……お客さん私しかいませんね」

アンテナショップの目的は広報だけれど、利益がゼロでは存続もできない。

「きゅう……」

しょげているので、もぐるくんも現状を理解しているようだ。

「そもそもなんで、このお店は『根かふぇ』なんですか」

私が問うと、もぐるくんが両腕で箱を描いた。

どうやらおばあさんと一緒に見ていたテレビで、アイドルたちがデビュー前の苦労話をしていたらしい。地下アイドル時代はコンカフェで働いていて、そこでの経験がいまも生きていると言ったようだ。

「なるほど。それで店名は『コンカフェ』がいいと伝えたら、看板に文字を描いてくれたおばあさんが勘違いして、『根かふぇ』になったと」

かわいいエピソードだけれど、やはりその名前はネックだ。昔みたいにコンセプトのあるカフェだと思ってくれる人は少ない。

お金さえかければ、どんな名前のお店でも集客は増やせる。でもそれは「道の駅」の関係者も、もぐるくんも望んでいないだろう。

お店の説明書を製作したお客さんもそうだ。みんな「アイドルには苦労が必要」という、もぐるくんの思いを汲んでいる気がする。

「私、広告の仕事をしているんです」

「きゅう！」

もぐるくんは、驚いた様子だ。

「お金をかけずに宣伝をするなら、お店の名前は変えたほうがいいです。おばあさんの字は素敵なので、別の名前を描いてもらうって可能ですか？」

もぐるくんは少しぽけっとしてから、くいくいとうなずいた。

「ほかに店名の候補ってありましたか」

ふるふると、首を横に振るもぐるくん。

その後に両腕を差しだし、私に任せるようなジェスチャーをした。

「いやそれは、さすがに荷が重いというか……」

店名は、お店のポリシーも担っている。そもそも一般ファンが推しの店名を決めるなんて、人間だったら炎上案件だ。

「きゅう」

もぐるくんが、「それは置いといて」というように腕を動かした。

初期のお店は、古我で採れる野菜を並べていたらしい。けれど都会の中心で、ふらりと入ってきたお客さんに野菜は売れない。

すると「加工して売ったらどうか」と、オーナーが教えてくれたという。

私はちらりと、カウンターの下をのぞき見た。行儀よくお座りしている、優しい顔のレトリバーと目があう。

まあここでいう「オーナー」は、この犬じゃなくて大家さんだろうけど。

「ぴ……ぴ……」

今度はミチルくんが、がんばって話を伝えてくれる。

料理を提供するようにしたら、初めてのお客さんがきてくれた。そのお客さんに従って看板を出したら、私がきたということらしい。

「逆に言えば、私とそのお客さん以外、まだ誰もきていないんですね……」

もぐるくんが、うつむいて石を蹴るような仕草をする。

やがてしゃがみこみ、悲しそうに顔を伏せた。

相変わらずの落ちこみぶりだけれど、これはもぐるくんのせいじゃない。

日曜のオフィス街で飲食店という時点で、勝算はほぼゼロだ。

「ふぅん」

神戸さんが、大げさに肩をすくめた。

あきれているのではなく、私に対して「肩の力を抜け」という意味だと思う。

たしかに勝算がゼロならば、気負う必要はないのかもしれない。

「……根菜というよりはスープが中心のお店で、コンセプトはどっちかと言えばモグラですよね。野菜豊富なメニュー的にも、ターゲットは女性ですし――」

もぐるくんとミチルくんは飲み終わったスープカップにあごを乗せて、わくわくした目で私を見上げている。神戸さんはスツールの上で直立不動。

これ以上ないほどにハードルが上がった状態で、私はひとつ案を出した。

「ひらがなで、『もぐらのすうぷ屋さん』とかどうでしょう」

三匹のモグラは顔を見あわせ、それぞれが難しい顔をした。

3

私が日曜日にウキウキと出社するのは、ランチが楽しみだから。
金曜の夜にそう言うと、先輩は「末期だな」と顔をしかめた。
土曜は家で寝てすごし、英気を養っての日曜日。
出社して仕事をしつつ、そわそわと時計を見る。
午前十一時五十五分。
私は人のいない会社を出て、人のいないオフィス街に向かった。
例の路地裏に近づくと、小さな看板が見えてくる。
筆ペンで描かれた文字は、「もぐらのすうぷ屋さん」。
三匹のモグラが難しい顔をして、その後にくいっとうなずいてくれた店名だ。
「スープ料理の店ってわかるし、前よりは入りやすいよね」
自画自賛しつつ、地下のお店へ。
「こんにちは」
声をかけると、むくりと起き上がるゴールデンレトリバー。

ゆっくり近づいてくる犬の頭上で、ぺこりと頭を下げるモグラたち。

あらためて見ると、その体は本当に小さい。ミチルくんなんて、全身をすっぽり両手で覆えてしまいそう。

そんな小さな従業員たちのお店には、今日も私以外のお客さんがいなかった。

ひとまずは今日のスープをいただきつつ、世間話に興じる。

「へー。ミチルくんって、そんなにダンスが上手なんですか」

もぐるくんから聞いて、ちらりと目を向ける。恥ずかしがり屋のミチルくんは、すぐにリーダーの陰に隠れた。

「ふぅん」

神戸さんが女性をダンスに誘うように、紳士的なお辞儀をする。どうやら私に、ダンスの腕前を尋ねているらしい。

「無理です無理。ダンスの経験なんて、それこそ体育の授業くらいで。部活もやってなかったんで、体を動かすのはけっこう苦手です」

そう言うと、もぐるくんが意外そうな顔をしてくれた。

「よく言われます。体力あるし、スポーツやってそうって。高校時代の私は、いわゆるバイト少女でした」

お金に困っていたわけではなく、単純に働くことが好きだった。高校から大学までのあわせて七年、ずっとひとつの居酒屋にお世話になった。

「きゅう？」

もぐるくんがテレビを見るようなジェスチャーをした。

「『なんで広告業界を目指したか』、かな？　きっかけは……選挙かも」

高校時代、親友が生徒会選挙に立候補するというので応援人を承《うけたまわ》った。

ほかの候補者が生徒受けのいいマニフェストを掲げたり、部活票を取りまとめたりしているかたわら、私はメッセージアプリの学校チャットに毎日投稿した。友人の人柄が伝わるエピソードに、軽いオチをつけて。

返信はほぼなかったけれど、既読数はそれなりにあった。地道に続けていると、投票前に「応援してる」と声をかけられるようになった。

最終的に、友人は二位に大差をつけて当選した。

あとで教師から、私の手法は広告戦略に似ていると教わった。

いいものを作れば売れる時代はとっくに終わり、いまは口コミが広告戦略のひとつになっている。頻繁に顔を見ていれば相手への好感度も上がるため、毎日の投稿もファンを増やす絶対条件だと。

私は無意識に友人を好きな人を増やし、彼ら彼女らの心をつかんでいた。友人は生徒会長になっただけでなく、彼氏までできている。

「それがきっかけで、広告に興味を持ったんです」

「きゅう!」

もぐるくんの反応は、たぶん「ぼくたちもプロデュースして!」だと思う。

「それは……無理だと思います。広告とプロデュースは違うので——」

断っている途中で、ドアの開く音がした。

振り返ると、私よりも年上の女性が入り口に立っている。

私は興奮した。店名の効果かは定かではないけれど、お客さんがきてくれた。

もぐるくんたちも喜んでいるので、邪魔はすまいと会計して退散する。

会社へ戻る道すがら、「よしっ!」と拳を握った。

自分が集客に貢献した、という気持ちはあまりない。

もぐるくんが夢に一歩近づいたことが、どうにもうれしかった。

また別の日曜日。

お店に行くと、女性客がふたりテーブル席に座っていた。

店名変更の効果は、確実に出ていると感じる。

「きゅう！」

出迎えてくれたもぐるくんも、うれしそうだ。このままお客さんが増えたら、お給料でボイトレに通えるのだという。

「もぐるくんたちって、歌えるんですか？」

「きゅう」

鳴き声でハミングする形としても、メロディが複雑だと難しいらしい。

だからメインボーカルに対するコーラスのように、曲のサビ部分や一部のメロディをハモる形になるという。見どころはあくまでダンスだそうだ。

「楽しみですね。公民館のライブ」

「きゅう」

もぐるくんがくいっとうなずき、天井を見上げて頬をゆるませた。

たぶん自分がステージに立つ姿を想像しているのだろう。

早くそこに立たせてあげたいなと、店内を見回す。

先ほどの女性ふたりが帰ったので、お店にはまた私だけだった。

一日の来客数が三人では、経営的にあまりにも厳しい。

お店がなくなれば、もぐるくんたちに会うこともできなくなる。

「ごちそうさまでした」

私は会計をすませて、会社に戻った。

パソコンを開いても、仕事が手につかない。

「プロデュースは恐れ多いけど、もうちょっと宣伝するくらいは……」

コストをかけずに宣伝するなら、バイラルマーケティング――すなわち口コミに頼るしかない。まずはSNSのアカウントを取得しておこう。

ファンが運営する非公式の宣伝アカウントにすれば、コストは発生しない。せいぜい私の自由時間が減るくらいだ。

とはいえ運用に際しては、「道の駅」の関係者と打ちあわせしておこう。

内容は生徒会選挙のときのように、もぐるくんたちのエピソードを投稿するのがいいだろう。可能であれば写真も添えたい。

「そしてある程度の数字が見こめるようになったら――」

私の頭の中で、戦略が組み上がっていく。

気がつけば、初めてもぐるくんに会ってから二ヶ月以上たっていた。

今日は日曜日だけれど出社せず、まっすぐにお店へ向かう。

オフィス街の裏路地に、あの小さな看板はもうない。それがあった場所には、普通のサイズの黒板型サインボードが置かれている。

新しいお店の名前は、「Ｍｏｌｅ Ｓｏｕｐ Ｃａｆｅ」。

もぐるくんたちのお店は、いろいろあってまた名前を変えた。

ここ二週間ほど、私はＳＮＳでもぐるくんたちの写真と文章を投稿していた。

多かった反応は、「ＡＩ生成の画像だ」と言い捨てていくもの。私も自分の目で見ていなければ、絶対に信じていないと思う。

争わずに淡々と投降していると、少しずつファンが増えてきた。

みんな「恩人を元気づけるためにアイドルを目指すモグラたち」という、ストーリーを気に入ってくれたらしい。

そういうファンはマナーもよく、お店にきたら説明書をしっかり読んでくれる。

セルフ会計でも、トラブルは一度もない。

お店の雰囲気はいままで通りで、もぐるくんたちも喜んでくれた。

そんな具合なので、「バズ」にはほど遠い状態のはずだった。

けれど業界の人間は目ざとく、耳ざとい。

ある日、SNSのアカウントにダイレクトメッセージが届いた。

『初めまして。お店、いい感じですね。同業の者です』

送り主の名前を見て、私は「うそでしょ?」と叫んでしまった。

相手が憧れのインフルエンサーの、「ももちょも。」さんだったから。

メッセージを読み進めると、私が業界人であることはすぐにわかったという。匂わせたつもりはないけれど、見る人が見ればわかるらしい。

『もしよければ、お店を共同でプロデュースさせてもらえませんか?』

要するに、「一枚噛ませてくれ」ということだろう。

フォロワー十七万の影響力があれば、確実にお店をバズらせることができる。古我市の知名度は上がり、もぐるくんたちがアイドルになる日も近づく。それどころか大手のパイプを使えれば、武道館だって夢じゃない。

逆に「ももちょも。」さんが出した条件は、まずは店名の変更だった。

それが「Mole Soup Cafe」で、英文字はグッズ化するときに作りやすいからだと言う。気が早すぎるけれど、気づいてからでは遅いとのこと。

もともと私が考えた名前だから、店名変更の心理的ハードルは低い。

『(転職に興味があるなら、うちの人事に話できます)』

メッセージの最後にそんな一文があり、ぐらりと心が揺れた。公私混同するつもりはないけれど、もう見なかったことにはできない。

その週の日曜日、私は早めにもぐるくんたちに会いにいった。

まだ開店前だったので、古我市から料理を運んできた「おじさん」夫婦もいた。これまでにも、何回か挨拶させてもらったことがある。

「『ももちょも。』さんに加わってもらえば、確実にお客さんは増えます」

おじさん夫婦の返事は、「夏葉ちゃんに任せるよ」だった。

私はあくまで部外者なので、できる限りもぐるくんたちの意思を尊重したい。

私の説明をどのくらい理解したのかわからないけれど、もぐるくんはくいっとうなずいた。プロデューサーがいいと思うなら。そんな様子だった。

ミチルくんはいまより人が増えることに対し、びくびくとおびえていた。けれどもぐるくんに体を撫でられると、勇気を振り絞ってうなずいた。

神戸さんは積極的ではないけれど、反対の意思はないという感じ。

それならばと、私は「ももちょも。」さんに連絡を取った。

すると一分もしないうち、彼女のＳＮＳに「最近お気に入りのお店」と地図のリンクが投稿される。スピード感がすごい。

新しい店名のサインボードも、週末にはお店に届くという。

そして、今日――。

英語が書かれたサインボードの周囲には、人がごった返していた。

たぶん直近の「ももちょも。」さんの投稿で、今日はここで撮影をすると告知があったからだろう。彼女のファンは距離が近い。

お店に近づいてみると、集まった人たちはいらいらしていた。

料理が完売して閉店したらしく、みんなスマホで『だる』、『無理』と、短い言葉をつぶやいている。

私はいつもと違いすぎる光景を受け入れられず、英語の店名が書かれたサインボードをぼんやり見ていた。

すると、それがカタカタと動きだす。

目をこらして見ると、もぐるくんがボードの脚を持って動かそうとしていた。

私は駆け寄り、もぐるくんを隠すようにしゃがみこむ。

「大丈夫ですか」

私の声に、もぐるくんはほっとしたような顔をした。

ジェスチャーから判断すると、どうも開店前にお客さんが入ってきたらしい。

待たせるのも悪いと料理を提供した結果、あっという間に売り切れて、開店前に店じまいすることになったようだ。

「まだ『ももちょも。』さん本人が来てないのに……」

サインボードをしまうのを手伝いつつ、もぐるくんと一緒にお店に入る。

ミチルくんはオーナーの背中に隠れて、がたがた震えていた。

神戸さんは疲れたようで、スツールの上で目を閉じて眠っている。

そんなタイミングで、私のスマホにメッセージがきた。

『料理売り切れたって。。。撮影延期します。最悪』

彼女はこの混雑を予想していなかったのだろうか。

「……していたと思う」

していなかったのはこの程度の人数で売り切れになってしまうことで、それを予想すべきは私の役目だった。

「ごめんなさい、もぐるくん。私のせいで……」

肩を落としている様子を見て声をかけると、もぐるくんは顔を上げた。

そうして私を見上げ、ふるふると首を横に振る。

けれど少しすると、またしょんぼりと落ちこんだ。

外のお客さんのいらだちに、責任を感じているように見える。

なんとかしなければと思い、私はいったん店を出た。

落ち着ける場所を探して、やっぱり会社にきてしまう。

自席に座って深呼吸すると、スマホでビデオ通話をかけた。

『なんだよ、休日に。仕事なら断る。見ての通り俺は忙しい』

カメラに映った先輩の背後には、馬の着順を示す電光掲示板が見えた。

『仕事じゃなくて、プライベートの人生相談です』

『うそつけ。半分は仕事だろ。おまえが仕掛けた店、バズってるらしいな』

驚いたけれど、なぜ知っているのか聞く必要はないだろう。業界の人間はみんな鼻が利くし、同業者のSNSはサブアカでこっそりフォローしているものだから。

「私がバズらせたわけじゃないし、望んだ結果でもないというか……」

『後輩が業界を目指したきっかけは、友だちの選挙活動を手伝ったことだよな』

「よく覚えてますね」

『俺は目の前を、「見て」いるからな。そして高校時代の後輩も、友人をきちんと見ていたはずだ。だから相手が望む通りの成果を出せた。さて、聞こう』

先輩が、一度パドックを振り返ってから続ける。

『求人広告を出している個人商店の経営者たちは、なにを求めている？』

「そんなの、応募者が増えることでしょう」

『違う。極端な話をすれば、広告を見た応募者はひとりでもいい。そのひとりが経営者にとって、いい人材であればな』

はっとなった。

『SNSでバズを狙うのが悪いとは言わない。物を売るときは大勢に周知するのが一番だ。じゃあ例の店は、それを求めていたのか？』

お店の売り上げが増えれば、もぐるくんが夢に近づける。

その話は事前にしたし、みんな納得してくれた。

でもそれは、こういう結果になると知らなかったからだ。

さっきの落ちこんだ様子を見ると、もぐるくんたちが求めていたのはお客さんの多さじゃない。ブームに飛びつきミームを消費する人たちじゃない。

料理を喜んで食べてくれて、プロデューサーとして助言もしてくれる、心からもぐるくんたちを推したいと思ってくれる、ファンだ。

『後輩は、転職したいんだろ？　あのインフルエンサーに憧れて。別に憧れるのは悪いことじゃない。だがその憧れは、本当に心の底からのものか？』

私は広告業界に身を置く人間として、情報を多分に浴びてきた。

同業の「ももちゃも。」さんを見て、自分もきらきらしたいと憧れた。

でもそれは、勘違いだったと思う。私はたぶん、大手代理店の所属で、十七万人ものフォロワーを抱えて、「ぱぱっと二十分で化粧」なんて余裕のある「環境」を、うらやましく思っていただけだ。要するに――。

「私、情報に溺れていたかもしれません」

『前に言っただろ。新卒ですぐに辞めて後悔しているやつの話を』

「でも私、モグラから学びました。モグラは目がよく見えないから、目の前にいる人の匂いを嗅いで、声をしっかり聞いて、そうして見極めるんだって」

『モグラってなんだ！　それも前に俺が言ったやつだ！』

そういえば、「くたびれやさぐれ社員」のときがそんな話題だっけ。

「先輩の話、回りくどいんですよ」

『いいか、後輩。もう時間がない。俺は別に、情報を遮断しろと言っているわけじゃない。「情報弱者」という言葉のせいで、人は情報を遮断することを恐れる。でもすべての情報を拾っていると咀嚼《そしゃく》している時間がない。飲みこむしかない。だから俺は食洗機をやめて、手洗いにしたんだ！』

最後に意味不明なことをまくし立て、先輩はどこかへ駆けていった。

「とりあえず……ゆっくり考えてみよう」

私はビデオ通話を切り、ぼんやりと天井を見上げる。

人が情報を収集、というより摂取するのは、体になじんでしまっているからだ。一日スマホに触れないと、不安になってしまうくらいに。

そうして得た情報は、そっくりそのまま使える。自分で考える必要はない。メソッドやら、テンプレートやら、人生はおおむね攻略されている。

だから人は失敗を恐れる。イレギュラーに弱い。いったん社に持ち帰ることができない場合、判断を「一般論」に委ねる。

「自分で考えることをしないのは、自分で考える時間がないから。考える時間がないのは、情報を飲みこむことに必死だから……」

情報を咀嚼する、すなわち自分で考えることをしなくても、スマホを見ているだけで脳は同じ疲労を味わっている。

「だから先輩は、食洗機をやめたんだ……」

タイパ重視のアイテムで得た時間を、私たちは情報の摂取に使ってしまう。強制的に皿を手洗いする時間を作れば、浴びた情報も咀嚼できる。

「私……考えることをサボってたんだ。じゃあまずは、時間を作ろう」

お皿を洗うのは面倒なので、とりあえず通勤電車の動画視聴をやめてみよう。

その時間でたっぷりと、もぐるくんたちのことを考えよう。

4

一番まずい料理を作ることができるのは、プロの料理人だと思う。

こうするとおいしくならないという、原理を知り尽くしているから。

では広告業界で働く人間は、バズを収束させる方法を知っているか?

答えは「知らない」。

料理と違い、広告業界の人間は広告の原理を見つけていないから。

あらゆる分析を駆使しても、「人気が出る確率が高いかも?」くらいまでしか判断ができない。人気の理由がわからない広告はたくさんある。

だから私は、探さなければならない。

もぐるくんたち、古我市のみなさん、そしてお客さんたちみんなが笑顔になれるような、ちょうどいいお店の状態を。

ひとまずは「ミチルくんが過度におびえない状態」というのが、バロメーターになると思う。一気に解決しようとしてはいけない。

私はまず、「ももちゃも。」さんに頭を下げた。

動画撮影や共同プロデュースの話をなかったことにしてもらい、お店の名前も私がつけた「もぐらのすうぷ屋さん」に戻してもらう。

『承知しました』

彼女の返信は、驚くほど素っ気なかった。おそらくは、失敗したプロジェクトに時間を割きたくないのだろう。私だったらくよくよしたり、反省したりすると思う。

そういう意味で「ももちゃも。」さんは、なるべくしてインフルエンサーになったのだと感じた。共感は難しいけれど、尊敬はできる。

次にやるべきは、加熱しすぎたお店の人気を元に戻すこと。

たとえば口コミでお店の悪口を書けば人気は下がるだろうけれど、そういうことはしたくない。ではどうするか。

結果から言うと、看板を手のひらサイズに戻しただけでバズは収束した。

モグラと違って、人はみんな見えすぎている。視覚から得る情報だけでなく、ネットを通じて視野を肥大化させている。

不要な情報で頭がいっぱいだから、目の前の本当にほしいものにも気づけない。

「人の噂も七十五日って言うけれど……」

先週は人であふれた裏路地も、いまは人っ子ひとり見つからない。

バズや炎上は毎日のように起こるので、小さなお店の小さな噂など、二、三日もすれば沈静化どころか風化するようだ。

「やっぱりこの看板が、もぐるくんたちに似あってる」

筆文字で書かれた「もぐらのすうぷ屋さん」という手のひらサイズの看板は、それを求めている人にはきっと見つけられる。

もしかしたら、本当にモグラがやっているお店かも――。

そんな風に想像できる、きちんと嗅覚を働かせている人には。

きっとそういう人が、もぐるくんたちを推してくれるはずだ。

「こんにちは」

階段を下りて黒いドアを開けると、今日はお客さんがひとりもいなかった。

三ヶ月前はずっとこうだったなと、やけになつかしく感じる。

「きゅう」

「ぴぃ」

犬のオーナーの背に乗って、もぐるくんとミチルくんがやってきた。

急いでいるようだけれど、私の目にはのんびりと見えるモグラたち。人間とは時間の流れかたが違う生き物だと、あらためて感じる。

「歩幅は違うけど、歩くスピードは同じになるように」

自分を戒めるように、ひとりごとをつぶやく。

あれ以来、私は転職活動をやめた。

私がしたい仕事は、たとえばもぐるくんたちが言語化できない、けれど本当に望んでいる推されかたを探り、そのお手伝いをすることだ。高校時代に友人の選挙を楽しめたのは、それができていたからだと思う。

そしてそういう仕事ができるのは、たぶん大手代理店よりもいまの職場だ。私がそう思うことすら見透かしていたような先輩も、いつか負かしてやりたい。

「今日はかぼちゃのポタージュですか？　うれしい。私の好物です」

このお店で、好物じゃないスープなんてないけれど。

でも少し肌寒くなってきた季節には、かぼちゃがいっそうおいしく感じられる。

「きゅう」

もぐるくんも、私がおいしそうに食べるとうれしいようだ。

「いつの日か、このお店の雰囲気のまま、公民館ライブをしましょうね」

「きゅう」

「ぴぃ」

「ふぅん」

神戸さんが振り向いて、ぱちりとウィンクしてくれた。

二杯目

豚汁

〜群れずにいれば
きらわれないから〜

1

朝。

目玉焼きの匂い。

テレビの隅のアラーム表示。

服を着替える。

いってきますの挨拶。

学校に行く。

こういった「生命維持に不要な行動」に従うのは、僕が人間だから。

本当は制服も着たくないし、挨拶もしたくない。学校にだって行きたくない。

けれどそれを拒むためには、自分の力で生きていく必要がある。動物が走って獲物を狩るように、働いて糧《かて》を得なければならない。

僕はまだ十五歳だから働けない。でも十六になっても働きはしない。

能力的、将来的に不利だから。二十二までは養ってもらえるから。

本当のことを言うと、朝起きて嗅いだのは「卵が焼ける匂い」だった。

でも「卵」は動物学的な表現で、食べ物の場合は「玉子」と言うのが正しい。

けれど「玉子が焼ける匂い」だと、玉子焼きみたいな感じがする。

母が作る朝食は、いつも目玉焼きだ。

かといって「目玉が焼ける匂い」と表現するのは、グロテスクがすぎる。

だから「目玉焼きの匂い」という表現をした。

その程度には僕も、社会に「順応」している。

けれど、「適応」はしていない。

社会に対して受動的に自己を変化させるのが「順応」で、積極的に自己を変化させることが「適応」だ。

別に挨拶がダルいとか、学校が苦手とかそういう話じゃない。

僕が辟易《へきえき》しているのは、無意味な行動を強要する社会というシステムだ。

もっと言えば、人間が社会を形成すること自体を倦厭《けんえん》している。

僕はシンプルに、日々の糧《かて》を爪と牙で得る動物に生まれたかった。

こんなことをネットでつぶやくと、「厨二病《ちゅうにびょう》」と返されるだろう。

あるいは「子どもが甘えているだけ」と、笑われるかもしれない。

そういうのじゃないと言いたいけれど、言えば余計にいじられるはずだ。

それに僕は現役の中学生だから、完全な否定もできない。

十年後、二十年後に、自分自身がこの思考を恥じている可能性もある。

だから僕は、学校ではおとなしく中学三年生を演じていた。クラスで浮かない程度に人とも話す。人間に厭《あ》いているなんて絶対に言わない。

今日も教室の僕は、人に見えるように椅子に座っている。

「じゃ、合唱コンクールのあれこれ決めるから」

クラス担任が口火を切り、学級委員がホームルームを進めていた。

僕にとっては、どうでもいい話だ。

名前が仰々《ぎょうぎょう》しいだけで、合唱コンは歌の発表会でしかない。

僕は去年も口を動かしていただけで、歌ってなんていない。

別に僕に限った話ではなく、人前で堂々と歌える思春期男子はそういない。

退屈紛れに、窓の外を眺める。

校庭の体育の授業。

種を植えたばかりで、黒々とした土しか見えない花壇《かだん》。

それ以外に見るべきものもないので、校門の外に目を向ける。

すると黒猫がいた。道路を渡ろうとしている。

危ないなと見守っていると、黒猫はきた道を引き返した。

安堵しつつ、動物でも道を踏み外さず社会のルールを守るのかと笑う。

「秋太郎《しゅうたろう》って、動物好きなの？」

ふいに声をかけてきたのは、隣の席の女子だ。

「前から僕のこと、そう呼んでたっけ」

いきなり名前を呼び捨てにされるほど、親密だった記憶はない。

「初めて呼んだ。いい名前だなって思って」

あまりにあっけらかんと言うので、僕は返す言葉に詰まった。

「で、秋太郎。動物好きなの？」

「『好き』の定義によるかな」

過不足のない言葉を返したけれど、実際は好きだった。人間社会にうんざりしているせいかもしれないけれど。

「でも、めっちゃにやにやしてたよ」

女子が僕の表情を再現するように、にたにた笑ってみせる。

「男がかわいい動物を好きだとおかしい？　それって古い価値観だよね。男だってかわいい生き物は好きだし、なんならイケメンだって好きだよ」

そう言うと、隣の女子は自分の口を押さえて悶絶《もんぜつ》した。

「……めっちゃ早口で言い訳してウケる……くっ」

女子は目を三日月の形にして、必死に笑いをこらえている。

たぶん僕の顔は赤いだろうから、反論すれば火に油だ。

「そんなむっとしないでよ、秋太郎。あたしはただ、『猫かわいいよね』って話をしたかっただけだから」

僕はやりきれない思いで、女子から目をそらした。

要するに、ますます赤くなっているであろう顔を背けた。

「秋太郎って、あんま人に興味ないでしょ」

まだ話しかけてくるので、仕方なく隣を見る。「いじってやろう」という感じではないけれど、変なことを言ったら容赦なく笑うタイプの顔だった。

「別に、なくはないよ」

「じゃ、あたしの名前知ってる？」

「知ってるよ」

女子の目が、また三日月の形をしている。

「言ってみて」

一応そのくらいは知っていた。なにしろ同じクラスになって、もう半年以上が経過している。それも「順応」だ。

「誰か、ピアノを弾きたい人いる？」

女子に答えようとしたタイミングで、担任教師が全員に尋ねた。

クラス内が、しんと静まりかえる。

「いないかな。もし弾ける人がいたら、協力してほしいんだけど」

教師は言いながら、僕のほうを向いていた。

聞いた話だけれども、各クラスに生徒を振り分ける際には、「問題児Aと問題児Bは一緒にしない」とか、「どのクラスにもピアノが弾ける生徒をひとり」など、僕たちに見えないドラフトが行われているらしい。

要するに、教師は僕にピアノ経験があることを知っていて、かつ直接に指名するのも問題になるかと懸念《けねん》し、それとなく自発を促しているわけだ。

勘弁してくれと、口の中で呪詛《じゅそ》を吐く。

中学に入ってからはほとんど鍵盤に触ってないし、そもそもピアノが好きなわけでもない。単に親に逆らわなかっただけだ。親も僕がピアノを好きでないことを察し、中学からは音楽教室に通えと言ってこない。

中学生は生物として、やらなくていいことばかりやらされる。

もうこれ以上、興味のないことに時間を使いたくない。

「一応ね、このクラスにもピアノ経験者はいるんだよね。強制はしないけど、できたら伴奏してほしいな」

教師は持って回った言いかたで、強硬手段を用いてくる。

クラスがざわついた。

「誰が弾けるの？」

「誰もいなかったらどうなるの？」

犯人捜しのような声があちこちから聞こえ、僕に無言の圧をかける。

「うまくはないけど、それでもいいなら」

そう言って手を挙げたのは、僕じゃない。

さっきまで僕をからかっていた、隣の席の女子だ。

「水海《みずうみ》さん、経験者なの？」

初耳なのか、教師が目を丸くしている。

「小学校低学年のとき、ちょっとだけ」

「……そう。じゃあ、伴奏をお願いできる？」

「はい」

水海さんが答えるやいなや、空気を読んだ学級委員が拍手を始めた。

教室内に、ぱちぱちと順応が増えていく。

他人事だけれど、僕はやるせない思いだった。

ピアノの伴奏者がいないなら、音源でもなんでも流せばいい。

誰かに無理を強いてまで、男子は歌いもしない合唱コンクールを、受験前のこの大事な時期に、やる意味なんてあるわけがない。

なんて思想を持つと、誰かに糾弾《きゅうだん》されるのだろう。

集団行動が苦手と言えば、問題児の烙印《らくいん》を押される。

社会において協調性がないと、会社組織に適合しないと判断される。

僕には理解できない思想だ。必要性のない中学校のイベントと、賃金が発生する労働でのチームワークを一緒にするなんて。

などと言えば、「学校でできないことが社会でできるわけがない」と、定型のお説教が返ってくるだろう。「思考停止」の例文みたいな文言だと思う。

三十名のクラス全員が会社に所属すると思えるなんて、いつまで平成でいるつもりだと言いたい。言わないけど。

それはさておき――ご愁傷《しゅうしょう》さまと隣を見ると、なぜかにやりと笑われた。

「名前、ばれちゃったね」

いやな役目を押しつけられた、とは感じていないらしい。

「知ってたってば、水海さん」

「お。うれしい。下の名前は？」

「知ってる」

「言ってみて」

「いやです」

「知らないんだ」

「知ってる」

「言って」

「無理」

要するに恥ずかしいということを、水海さんは察してくれない。

そんなことがあってから、水海さんと少ししゃべるようになった。

いや、「問答」のほうが近いかもしれない。

「秋太郎って、将来どうするの？」

「将来って？」

「仕事とか？」

「ひとりでできる仕事なら、なんでもいいかな」

「秋太郎らしいね」

「水海さんが、僕のなにを知ってるの」

「知らないけど、秋太郎はわかっちゃう顔してる」

言われた僕は、たぶん不満の顔を見せたのだろう。水海さんは笑っていた。

僕をからかっているようで、僕に興味があるというわけでもない。

たとえるなら水海さんは、猫のように気まぐれな人だった。

そんな水海さんは、残念ながらピアノがうまくない。

ミスタッチは少ないので、練習はしていると思う。ただいかんせん、走ったり遅かったりで、テンポが安定しない。たぶん幼少期になんとなく弾けてしまったタイプで、人から教わった経験に乏しいのだろう。

だから水海さん本人は、自身の技量をあまり気にしていない。

けれど歌うクラスメイトたちには、その拙《つたな》さがはっきりとわかった。

「なんか水海さんの伴奏、歌いにくくない？」

練習の合間に、ぼそぼそと誰かが言う。「そうかも」と返事がある。

協調を強いる学校教育の無意味さが、ほどよく露呈する時間。

「ミスったとこ、ごめんねー。週末、ちょっと練習しとく」

水海さんがみんなに言うと、誰かが「ちょっとかよ」とぼそついた。

きっと彼は、無料のアプリにも文句を言うタイプだろう。

彼みたいな人がいるから、学校教育は永遠《とわ》に続く。


午前、日曜、オフィス街。

日の光が入らない路地裏。

人間だけが消えた街。

真新しい廃墟。

水海さんがピアノを練習しているであろう週末に、僕はひとりで外出していた。

誰にも言ってないけれど、僕にはちょっとした趣味がある。

大雑把に言えば写真撮影だ。

被写体は無人の街。

僕のスマホの中には、無機質で、人の息づかいが聞こえない、あからさまに不自然なビル街の画像が、無数に記録されている。

なぜそんなものを撮影しているのかと言えば、静寂《せいじゃく》を感じられるからだ。

僕としてはSF的な荒廃世界のイメージなのだけれど、人に話せば「人間がきらいなの？」と曲解されるだろう。間違っていない気もする。

しかしながら日曜のオフィス街も、まったくの無人というわけじゃない。

通勤している人も少しはいるし、車もそれなりに走っている。

でも一日中街の中に立っていると、ぽっかりと人も車も消える瞬間があった。

アプリの加工で人を消した画像とは違い、その瞬間は「静寂」も写る。

僕は朝からそんな時間を待ち続け、気づけばお昼すぎだった。

昼食はいつもコンビニでおにぎりを買い、人気《ひとけ》のない雑居ビルの踊り場で階段に腰を下ろして食べる。

前はファストフードを利用していたけれど、土日はほかの飲食店が開いていないせいか混雑が激しい。静寂を求めている日に喧噪《けんそう》は耐えがたい。

おにぎりは地元で買ってきた。あとは落ち着ける場所を探せばいい。

心当たりはあるけれど、今日は少し散策したい気分だった。

人が立ち入れない聖域のような場所を求めて、薄暗い路地を歩く。

耳をすましてもなにも聞こえない、というわけでもなかった。

都会のカラスは、終末の響きを持ってカアカアとよく鳴く。

人がいないカラスだけの街というのも、被写体としては悪くない。

そんな風に思い、僕はカラスの声が聞こえるほうへ歩いた。

散らばったペットボトル。

プレゼンの資料らしき書類。

片方だけ落ちている靴。

そんな人類の痕跡を見ながら歩いていると、妙なものを発見した。

営業中らしい、お店の看板だ。

日曜のオフィス街であっても、営業を敢行する奇特な経営者はいるだろう。

妙なのは、その看板の大きさだ。

まあまあな値段のフィギュアに付属しているような、十センチ四方のサイズ。極小の板張りのそれには、「もぐらのすうぷ屋さん」と文字が書かれていた。

脳内にイメージが浮かぶ。

児童向けの番組で見るような、地下の空洞を断面で見た絵。

そこにクレイアニメのようなモグラたちがいて、聞き取れない言葉でぺらぺらとしゃべりながら、ことことスープを煮こんでいる――。

そのビジュアルのかわいらしさに、思わず顔がにやけた。

水海さんに言ったことは事実で、僕はかわいい動物がけっこう好きだ。幼少期に親が教育的な番組しか見せてくれなかったので、その影響が大きい。

なつかしい記憶を思い返していると、カアとけたたましい声が聞こえた。

いつの間にか、カラスが目の前の地面にいる。

大きく翼を広げているのは、飛び立とうとしているのか――。

違う。なにかを威嚇している。

カラスの視線の先には、さっきの極小看板があった。

そのそばに、ハムスターくらいの大きさの動物が二匹立っている。

二本足で。

一瞬目を疑ったけれど、都会には意外とネズミがいる。こんな風に下を見ながら歩いていると、猫くらいに大きいのを見ることがあった。

けれどその二本足で立つ二匹は、色味こそ黒っぽくてネズミらしいものの、毛の生え具合がふわふわしていて、すいぶんとかわいい。

おまけにクレイアニメのように、もっと言えば人間のように、カラスに対峙して体を寄せあいぶるぶると震えている。

カアカアと、またカラスが鳴いた。二匹を狙っているらしい。

カラスが両足で地面を蹴った。飛ぶというより跳んだ。

小さな二匹の一匹が、なにかを訴えるように僕を見た。

「わあああっ！」

僕はとっさに叫んだ。

二匹のネズミが地面に倒れる。

カラスは僕の声に驚いたのか、わずかに見えるビル街の空へ飛び去った。

無事かと二匹のネズミを見ると、一匹だけがよろよろ立ち上がった。

そうしてつぶらな瞳で僕を見上げ、手近な雑居ビルの地下に逃げていく。

残された一匹は、起き上がる気配がない。

僕は恐る恐る近づいた。

ネズミだったら雑菌が怖いので、持参したペットボトルでそっとつつく。

「死んでる……」

およそ生きている動物らしい反応がなく、心に痛みがあった。

僕がもっと早く声を上げていれば、このネズミは助かったのかも——。

「……ん?」

よく見ると、ネズミの体に生えている毛が一匹目とは違う。

さっきはふわふわだったけれど、こっちはもしゃもしゃだ。毛に流れがない。

まさかとひっくり返してみると、くりくりの黒い目も毛でできていた。

「これ……ぬいぐるみだ」

2

朝。

目玉焼きの匂い。

テレビの隅のアラーム表示。

服を着替える。

いってきますの挨拶。

学校に行く。

僕は今日も従順に、すべからく、座して授業を受けている。

脳の半分は教師の言うことを聞き流し、もう半分では別のことを考えている。

昨日、ぬいぐるみを拾った。

なんのぬいぐるみかは、正確にはわからない。色からするとネズミだけれど、鼻先のとがり具合に違和感がある。

調べてみたら近いシルエットはいわゆるモグラだった。

しかし「ヒミズ」という生き物のほうがより似ている。

ヒミズはモグラ科の生き物だけれど、モグラというわけではないらしい。その特徴は小ささで、このぬいぐるみのほうが重いくらいであるようだ。

ぬいぐるみはフェルト生地でできていて、誰かしらが手作りしたものだと思う。できがいいし、落とした人は悲しんでいるだろう。

けれど僕の目の前でこれを落としたのは、人ではなかった。

このぬいぐるみと同じ存在——つまり、ヒミズだった。

信じられないことだけれど、あのヒミズは二本足で歩いていた。人のように身を震わせて、助けを請《こ》うように僕の目を見た。

あれはいま思い返しても、胸に高鳴りを覚える。

奇跡を目撃したような、自分が別世界にきたような、そんな感覚だった。

ぬいぐるみを落としたのは、事実としてはあのヒミズになる。けれどぬいぐるみには作り手がいて、そちらが本来の落とし主かもしれない。

僕は拾ったぬいぐるみを、どちらに返すべきだろうか。

むしろ、返さなければいけないのだろうか。

そんなことを考えてしまうのは、ぬいぐるみがとてもかわいいからだ。

机に飾ったぬいぐるみが視野に入るたび、実際に動いていた二本足のヒミズを思いだしてしまう。あのヒミズは無事に逃げおおせただろうか。

「秋太郎って、ごはんを胃に運んでるよね」

昼休みに弁当を食べていると、隣の水海さんが椅子ごとこちらに向いた。

うちの学校は給食がないので、各自が勝手に弁当やパンを食べる。小学校のときのように、机をくっつける文化もない。

僕は自分の席で食べ終えてから、友人と廊下でしゃべることが多かった。水海さんは何人かのグループで食べていたと思うけれど、最近はひとりだ。

たぶんピアノ伴奏の件で、周りから気を遣われているのだろう。仲間はずれのニュアンスではなく、「水海さんは昼休みに音楽室で練習するだろうから〜」という、忖度《そんたく》に近い感覚で。

「胃に運ぶって、おいしくなさそうに食べてるってこと？」

「おいしくなさそうではないけど、おいしそうでもないかな」

「みんなそんなもんじゃないの」

そう答えると、水海さんが眉をひそめる。

「秋太郎、好きな食べ物は」

「別にないけど」

「きらいな食べ物は」

「別にないけど」

「きみ、なにが楽しくて生きてるの」

水海さんは問いかけたのではなく、あきれただけのようだった。

僕は動物観察や写真撮影が好きだけれど、それを明日から禁止されても絶望したりはしない。残念だなと思いつつ、粛々《しゅくしゅく》と日々をすごすだろう。

要するに、僕は生きることにあまり意味を感じていない。

誤解のないよう補足すると、希死念慮《きしねんりょ》があるわけではない。つまり死にたいと思っているわけじゃない。人として「よく生きる」ことに情熱を持てないだけだ。

「逆に水海さんは、なにが楽しくて生きてるの」

「なにもかも楽しいよ。お母さんが作ってくれたお弁当はおいしいし、合唱コンのためにピアノを練習するのも楽しい」

少し意外だった。本人は上達しないピアノを苦にしていないらしい。

「それはいいね」

「秋太郎はなんていうか、人生をやりすごしてるよね」

水海さんはどことなく、不満そうな顔をしている。

「ごめん。会話は得意じゃなくて」

「あたしへの受け答えだけじゃないよ。万事において怒られないように、波風を立てないように、本当はいやなことも、拒絶しないで生きてる」

「みんなそんなもんじゃないの」

言葉の使い回しが不服なようで、水海さんは口をへの字にした。

「秋太郎はたぶん、この世のすべてをうっすらきらってる。『最近よく話しかけてくるこの女うざい』って、言ってもいいんだよ」

「そんなこと思ってないよ」

これは本当に。水海さんはいつも退屈をまぎらわせてくれる。

「あ、そろそろ音楽室いかないと。うち、ピアノないから」

水海さんが席を立った。遠くで女子たちが、ほっとしたのがうかがえる。

「うん、がんばって」

「ありがと。秋太郎にも、きっとくるよ」

「なにが」

「なんかこう、人生のふっきれポイントみたいなもの」

「ふっきれポイント」

「好きなものとか、大事なものに気づく瞬間。じゃね」

水海さんはうきうきと楽しそうに、教室を出ていく。

話の内容は茫洋《ぼうよう》としていたけれど、心に訴えるものはあった。

特に水海さんが「大事なもの」という言葉を使ったとき、僕はヒミズのぬいぐるみを思いだしていた。僕はあれを気に入っている。手放したくないと思っている。

だからいまも、こっそりスクールバッグの中に隠し持っている。

あのヒミズも、それくらいぬいぐるみを大切にしていたのだろうか——。

その思いつきは僕を苦しめ、五時間目はシャーペンの芯を折りまくった。

水海さんは先日、僕が「人生をやりすごしている」と言った。

あれから数回しゃべっているけれど、覚えているのはその会話くらいだ。まさしく、人生をやりすごしていることの証左《しょうさ》だと思う。

今日は日曜日。

僕は例のぬいぐるみを持って、オフィス街にきていた。

手始めにあの路地裏を見たけれど、ヒミズの姿は見当たらない。

しばらくはいつも通りにオフィス街を撮影し、昼頃にまた路地裏に戻る。

さっきはなかった小さな看板が、地面に置いてあった。筆で描かれた「もぐらのすうぷ屋さん」という文字が、やけに魅力的に感じる。

「ぴぃ」

鳥の鳴き声が聞こえた気がして、辺りを見回した。

するとあのヒミズが、雑居ビルの地下から二本足で階段を上ってきている。

僕はビルの陰に身を隠した。

ヒミズはきょろきょろと辺りを見回している。カラスを警戒しているのかと思ったけれど、目線は地面に向いていた。

もしかして、ぬいぐるみを探しているんだろうか。

僕はリュックからそれを出し、ゆっくりとヒミズに近づく。

けれど三歩もいかないうちに、はっと気づかれた。

ヒミズが一目散に階段を駆け下りる。本気で逃げるときは四つ足らしい。猫じゃらしみたいな尻尾の残像が、脳裏に焼きついた。

その残像を追いかけるように、僕は地下へと降りていく。

すると目の前に黒いドアがあり、なにやら文章が書いてあった。

このドアの向こうが、あの看板の「もぐらのすうぷ屋さん」らしい。以前は洞窟の中を想像したけれど、たぶん普通の店なのだろう。

けれど「もぐら」を名乗る飲食店の付近で見かけたヒミズという存在、あるいはその偶然性に、僕は興奮していた。やりすごせない非日常を感じていた。

幸い、お金はある。

さっきのヒミズがいなければ、一番安いメニューを頼んでさっさと帰ればいい。中の様子がわからないのは怖いけれど、こんなにかわいい名前で法外な請求をする店なんてそうそうないだろう。

そんな都合のいい考えかたをする自分に、僕はいささか困惑していた。

けれど滾《たぎ》った僕は冷静な僕を置き去りにして、ドアノブを握って回す。

バーだ。

未成年だから実際に入ったことはないけれど、映画で見た知識で判断する限り、それに準じた内装の店だった。

スープ屋さんという感じじゃないなと思っていると、目の前に犬が現れた。きれいな毛並みで知性を感じさせる顔つきの、ゴールデンレトリバーだ。

僕の前までゆっくり歩いてくると、レトリバーはすとんと腰を下ろした。

「きゅう」

犬にしては妙な声だと思ったら、その頭上に小さな生き物が二匹いる。一匹は茶色のモグラで、もう一匹は――あの黒く小さなヒミズだった。

「ぴぃぃ！」

ヒミズは僕の顔を見て、すぐさまモグラの陰に隠れた。

「きゅう」

茶色いモグラはどこかうれしそうに、短い両手でカウンター席を示している。

そこに座れということだろうか。

僕はモグラの行動に動揺しつつ、魅入られたように席に座った。自分が「順応」ではなく、「適応」しようとしているのがわかる。

「きゅう」

席に座ると茶色いモグラが、「このお店の説明書」なるものを見せてきた。

上から順番に読んでいき、ひと通りの意味を理解する。

残念ながら、僕は異世界にトリップしたわけではないようだ。

ここ「もぐらのすうぷ屋さん」は茨城県古我市のアンテナショップらしく、主に地元の野菜を使った料理を提供してくれるという。

お店で働いているのは「もぐるくん」、「ミチルくん」、「神戸さん」という三匹のモグラで、彼らはアイドルを目指すためにアルバイトしているとのこと。

「ミチルくん」

それがヒミズの名前で、さっきのマニュアルには「恥ずかしがり屋」とあった。

「ぴっ……」

ミチルくんはもぐるくんの陰に隠れつつ、こちらをうかがっている。

たぶん僕が右手に持った、ぬいぐるみを見ているのだろう。

「きゅう」

もぐるくんが、ぱたぱたと手足を動かした。

なにか伝えようとしているみたいだけれど、うまく意味がつかめない。

「ふぅん」

カウンターの向こうにいたモグラが、低く落ち着いた声で鳴いた。

妙に大人っぽい雰囲気がある。説明書にもあった神戸さんだろう。鍋の中身をおたまでよそっているので、先の二匹に向かって「運んで」、あるいは僕に対して「召し上がれ」的な意味の、「ふぅん」だと推測した。

神戸さんが注いだスープを、もぐるくんとミチルくんが犬に乗って運んでくる。

壁面のボードに貼られた説明によれば、今日のメニューは豚汁、おにぎり、浅漬けの盛りあわせらしい。「和」に全振りされている。

二匹のモグラが運んでくれたお椀には、豚肉やこんにゃくのほか、ニンジン、ゴボウに大根、サツマイモと、野菜がごろごろ入っていた。

「ぴ」

ミチルくんが、ラップに包まれたおにぎりを運んでくる。ごはんが茶色っぽい。中の具は「ハマグリのしぐれ煮」であるようだ。

「きゅう」

もぐるくんが再び体を動かし、なにかを伝えてくれようとする。

落語家が蕎麦《そば》をすするようなジェスチャーがあったので、たぶん食べながら聞いてくれ、あるいは見てくれということだと思う。従うことにした。

「いただきます」

軽く会釈して、豚汁の椀を持つ。あたたかい湯気が立ち上っていた。見慣れた料理で安心感もあり、味噌の香りが食欲をそそる。

ひとくちすすったところ、なんというか味が深い。食べ物に関心がない僕でもわかるほど、汁の中にさまざまな野菜を感じる。

たぶん世に言う「うまみ」だろう。一般的には「コクがあってまろやか」と表現しそうな味で、すぐにふたくち目が欲しくなった。

椀から汁をすすり、箸で具を口に運ぶ。

豚肉はやわらかく、脂の部分がとろけるような食感だった。

根菜はどれもほくほくで、味噌の味が染みた大根がほんのり甘くてうまい。

ふいに口の中でくにくにする、こんにゃくもおいしい。

「豚汁って、こんなにいろいろな味がするんだ……」

母が作るそれと比べると、味の奥行きがあると感じる。

別に母の料理が劣っているわけじゃない。僕にはこの豚汁がなんの出汁を使っているかもわからないけれど、野菜自体がおいしいことはわかる。両者の明確な違いは素材であって、技術や愛情などではない。

「きゅう」

僕になにかを伝えようとしていたもぐるくんが、「いったん置いといて」の動きをしてから、わざわざ同意のうなずきをしてくれた。

「すみません。続けてください」

話の腰を折った旨を謝罪すると、もぐるくんがジェスチャーを続ける。

その小気味よい動きを眺めつつ、おにぎりを手に取った。

コンビニで売っている鳥五目のおにぎりみたいな茶色いご飯が、しっかりと三角形に握られている。海苔は巻かれていないけれど、十分においしそうだ。

ひとくちかじると、タレの甘い風味が口の中に広がった。くせがなく食べやすい味つけで、ごはん部分だけでもおいしい。

「えっと……僕が『命の恩人』みたいなことを言ってますか？」

ジェスチャーを読み取って尋ねると、もぐるくんがくいっとうなずいた。

その隣では、ミチルくんもやはりくいくいしている。

たぶん、カラスを追い払った件のことだろう。あのときはもっと衝撃的なことばかりあったので、カラスのことなどすっかり忘れていた。

さらに続くもぐるくんのジェスチャーを見ながら、おにぎりをかじる。

たぶん「肉厚」と表現するようなハマグリの食感。無視はできない貝の苦み。そういう大人っぽい味も、甘辛いタレとあわさると絶妙においしい。

「一本二百円の焼き鳥みたいな、高級な味がします」

普段食事に関心がないので、いささか失礼な感想が口から出た。僕からすれば最大級の賛辞だけれど、言い訳をする必要はなさそうだ。

もぐるくんがまた「置いといて」をしてから、くいっとうなずいてくれたから。

ミチルくんも同じく、うれしそうにくいくいしている。

おそらく僕の言葉を額面通りには受け取っておらず、抑揚や口調や声量から、感情を読み取ってくれているのだろう。いい意味で動物的だ。

「すみません。続けてください」

使い回しの言葉で促し、浅漬けを食べてみる。

ニンジン、ゴボウといった、豚汁の具にも使われていた根菜の漬物は初めて口にしたけれど、ぱりぱり食べられる煮物という印象だった。野菜のうまみが濃いので、ごはんがほしくなる。おにぎりがあった。おいしい。

「えっと……『モグラは穴の中に住む生き物だから、常に肌がなにかに接していないと不安を覚える』……で、あってます？」

自分の解釈を伝えると、もぐるくんとミチルくんがうなずいてくれた。

モグラが広い洞窟に住んでいるというのは、あくまで人間のイメージだ。実際のトンネルはせまいらしいので、シンデレラフィットに近い状態だと思う。

ミチルくんはヒミズなので、穴の中ではなく落ち葉の下に暮らしている。しかし体になにかが触れていないと不安な感覚は、モグラよりも強いらしい。

そんな気弱なミチルくんのため、店のお客さんがこのぬいぐるみを作ってくれたとのことだった。

「じゃあこれは、ミチルくんの落とし物なんですね」

僕は持ってきたぬいぐるみを、ミチルくんの前に差しだした。

ミチルくんはおっかなびっくりの様子で、ただ僕を見上げている。

するともぐるくんが、ぱたぱたと手足を動かした。

『なんども探し回った』……？　すみません。僕が拾ってしまったから」

もぐるくんとミチルくんが、そろって首を横に振る。

僕を責めているわけではなく、感謝を伝えたいらしい。

つまり、「拾ってくれてありがとう」だ。

「……お返しします。しばらく同居させてもらって、楽しかったです」

僕は断腸《だんちょう》の思いで、ぬいぐるみを差しだす。

視界にぬいぐるみが入るたび、口元がゆるむ日々は悪くなかった。

自分でも作れたらいいのだけれど、僕は不器用でセンスがない。

ピアノがそこそこ弾けて、ＳＮＳに上げている写真も評判がいいけれど、物づくりの才能とはまったくの別物だ。

「ぴぃ！」

僕が差し出したぬいぐるみを、ミチルくんはずいと押し返した。

「え」

唖然《あぜん》としていると、ミチルくんがふるふると首を横に振る。そうして犬のオーナーの背に乗って移動して、テーブルを布巾で拭き始めた。

その小さな黒い背中が、猫じゃらしみたいな尻尾が、かすかに震えている。

もしかして、ぬいぐるみが隣にいないから――。

「あの……どうすれば、ミチルくんにぬいぐるみを受け取ってもらえますか」

僕たちのやりとりを見ていた神戸さんに、すがるように尋ねる。

「ふぅん」

神戸さんは素っ気なく手を振り、「またね」と伝えてきた。

3

朝。

目玉焼きと味噌汁の匂い。

テレビの隅のアラーム表示。

服を着替える。

いってきますの挨拶。

学校に行く。

女子の制服のカーディガン。

自動販売機に増えたホット缶。

紅葉、ないしは黄葉。

季節にははっきりした境目《さかいめ》はないけれど、コンビニの棚を見ていると、いまは秋ということになっているらしい。

名に秋を冠する僕の誕生日よりもだいぶ早い。とはいえ大きな意思に逆らうつもりはないので、いまが秋だと認識することにしよう。

まだ外は蒸し暑いけれど、「肌寒くなってきたな」と体に言い聞かせる。

「あんなんじゃ、優勝どころか最下位確定じゃない？」

「うちのクラス、ほかにピアノ弾ける人いないのかな」

移動教室から帰る途中の廊下で、そんな会話が聞こえてきた。

音楽の時間は合唱コンの練習に当てられたのだけれど、水海さんのピアノはやっぱり歌いにくそうだった。クラスの大半は合唱コンなんてどうでもいいと思っているはずなのに、最終学年ということもあって熱心な生徒もいる。

不思議なのは、どうやら水海さんも「熱心」側《がわ》の人らしい。

「へこむわー」

教室に戻ってくると、僕に聞かせるように水海さんがひとりごちる。

クラスメイトがみんな慎み深いわけでもないので、水海さんも自分の評判はそれなりに把握しているようだ。

「本番まで、まだ二週間あるよ」

当たり障りのない言葉を返し、僕は人生をやりすごす。

「二週間じゃ無理。みんなが言うように、あたし向いてない」

「そんなことないと思うよ」

「秋太郎、いまから代わってくれない？　絶対きみのほうがうまくなるよ」

その言葉を、僕はうまくやりすごせなかった。

水海さんは、僕がピアノ経験者であることを知らない。未経験でも自分よりはましと思うくらい、いまは落ちこんでいるのだろう。

「ごめん、秋太郎。返しにくいこと言っちゃった」

言葉に詰まった僕を見て、水海さんが「許して」と笑う。

「僕は別に……」

「経験者があたししかいないんだから、しょうがないよね。みんなには最悪の思い出になっちゃうけど、あたしはたぶん……いい思い出にできるよ」

そんな思わせぶりな間で言われたら、聞き返さずにはいられない。

「もしかして、このタイミングで転校とかするの？」

「は？　するわけないし」

水海さんは、けらけらとおかしそうに笑った。

日曜日になったけれど、僕は憂鬱《ゆううつ》を引きずっている。

伴奏を交代してほしい水海さんに、僕は手を差し伸べなかった。

歌を強制されるよりも伴奏のほうが楽なのに、僕は無言を返した。

なぜそうしたのか。

「だったら最初から手を挙げて」と言われることが怖いのか。

どうして怖いのか。

合唱コンクールなんて、学校生活なんて、人間社会なんて、どうでもいいと思っているのに——。

午前中のオフィス街は、いつものように人がいない。

けれど景色を撮ろうと思えず、目的もなく無人の街を彷徨《さまよ》う。

リュックの中には、ミチルくんの大切なぬいぐるみがあった。

なぜミチルくんは返却を拒んだのか。

探し回っていた大切なものなのに——。

まだ営業時間前だけれど、「もぐらのすうぷ屋さん」にきてみた。

いつもなら小さな看板が出ているところに、ワゴン車が停車している。

「つくば」のナンバーだ。人のよさそうなおじさんが、せっせと荷物を運んでいる。

「あー、お客さん？　すまないねえ。今朝は収穫に時間がかかっちゃって。もうちょっとで開店だから待っててください」

おじさんはそう言って、鍋や食器を地下に運んでいった。

どうやら「もぐらのすうぷ屋さん」の食材は、朝採《あさど》りのものらしい。

ふっと、おいしかったあの豚汁を思いだした。

水海さんいわく「胃に運ぶように」弁当を食べている僕が、あの日の食事で「おいしい」という感覚を強く覚えた。

そのせいか、最近は母の作る料理もおいしく感じる。いままでと変わってはないはずなので、豚汁をきっかけに僕が食に目覚めたのだろうか。

そういえば、水海さんが言っていた。

僕にもいつか大事なことに気づく、「ふっきれポイント」がくると。

豚汁の経験を鑑《かんが》みると、案外ばかにできないワードかもしれない。

「ぴっ、ぴっ」

豚汁に思いを馳せていると、階下からミチルくんが上ってきた。

もぐるくんと一緒に、あの小さな看板を一生懸命運んでいる。

「あ、手伝います」

僕が駆け寄ると、もぐるくんが「きゅう」と凛々《りり》しい顔で制した。

しまったと、唇を強く噛む。

お店のマニュアルには、モグラは人間社会に不慣れだから、客がプロデューサーとなってサポートしろとあった。

でもそれは、なんでも手伝えという意味じゃない。

モグラたちができないことや知らないことにだけ、手を差し伸べるべきだ。店の看板を運ぶのは、ミチルくんたちの仕事だ。

だとしたら、僕にできることはなんだろう。

ピアノがちょっと弾けるけど、合唱コンの伴奏者ではない。

水海さんよりうまく弾けるのに、代わってと頼まれてもやりすごした。

「ぴぃ」

ミチルくんが小さな手で、店のドアを示している。開店準備が整ったらしい。

「きゅう」

お店に入ると、オーナーの頭上でもぐるくんがぺこりと頭を下げた。

カウンターの席に座ると、神戸さんが僕を一瞥《いちべつ》して鍋に目を落とす。

前回とまったく同じ雰囲気なのに、なぜか心が落ち着かない。

「ぴ」

ミチルくんが、メニューの書かれたボードを示した。

今日は娃々菜《わわさい》ときのこのスープ、グリーンサラダ、ローストビーフのサンドイッチらしい。聞いたことのない食材があるなと、ぼんやり思う。

「きゅう？」

どこか上の空な僕を見て、もぐるくんが心配してくれた。

「すみません。なんでもないんです」

答えると、もぐるくんもミチルくんもなぜか悲しそうな顔をする。

「ふぅん」

口数の少ない神戸さんが、僕を見てからミチルくんに目を向けた。

ミチルくんが僕を心配している——そう伝えてくれたのだと思う。

カラスを追い払った僕を、恩人のように思ってくれているのだろうか。

あんなのはたまたまだ。僕は慕われるような人格者じゃない。

「きゅう」

もぐるくんとミチルくんが、犬に乗ってスープのお皿を運んできてくれた。

娃々菜という知らない食材のスープは、シチューみたいにとろっとしている。

「いただきます」

なんとなく気まずかったので、すぐにスープを口に運んだ。

ひとことでは表現できない、複雑な味がする。

しめじ、しいたけ、マッシュルームの形が見えるけれど、こういうきのこ類から出た出汁なのだろうか。脂や辛味みたいなパンチはないものの、じんわりと体に滋養が染みていく感覚がある。

娃々菜と思しき野菜は、適度に食感を残しつつ、くったり感もありつつという、絶妙な煮こみ具合だった。味としては白菜が一番近いと思う。

というかいまスマホで調べたら、「ミニ白菜」のことらしい。

娃々菜を噛むたびに、葉物の甘みときのこの出汁がじゅわっと出てくる。鼻を抜けていくしいたけの香りもよく、「優しい味」とはまた違う優しさを感じた。

「きゅう」

カウンターの上でもぐるくんが、自分の胸とおなかをとんとんとたたく。

「はい。心も体も、あたたまりました」

「ぴぃ」

恥ずかしがり屋のミチルくんが、まっすぐに僕を見ている。

力になりたい。助けてあげたい。そう伝わってくる。

カラスに襲われたミチルくんが見た僕の目は、こんな風だったのだろうか——。

「僕は……クラスメイトの女子に、声をかけられなかったんです」

自然と、助けを求めた。


「……ぴ」

僕の話を聞き終えると、なぜかミチルくんが決意の表情を見せた。

「『ぼくの、話を、聞いて』……ですか？」

ミチルくんがうなずき、カウンターの上を縦横無尽に動きだし、バレリーナのように踊りながら、自分の過去を語り始める。

「『ぼくは、孤独、だった』……」

ヒミズについて調べたときに、モグラの生態も学んだ。

モグラは群れを作らない。縄張り意識がすこぶる高く、自分のトンネルに入ってきた生き物は血縁や同族でも容赦しないらしい。

群れを作らない点はヒミズも同じだ。ただモグラほど手が大きくないので、トンネル掘りはうまくない。落ち葉の下などに浅い穴を掘り、天敵のいない夜になったら月の下を動き回って食事をする。つまり「日見ず」だ。

ミチルくんの住処《すみか》は、おばあさんの家の裏庭だったらしい。

その晩は月もなく、体の黒いミチルくんには好都合だった。

ミチルくんは住処を出ると、おばあさんの畑に向かった。

畑の周辺にはたくさんの昆虫がいて、たっぷりと食事にありつける。

ところがその日は、まったく食べものを見つけられなかった。

あとでわかったことだけれど、昼間のうちにもぐるくんが、作物につく害虫をすべて捕まえてしまったらしい。

モグラもヒミズも、一定時間食事にありつけないと簡単に餓死する。

だからミチルくんも、月の下でぱたりと倒れてしまった。

ところがふいに体を起こされ、どこかに連れていかれた。

どうも人間の家らしい。なんだか透明の四角い箱の中にいるようだ。けれど体は土の上にあり、背中には毛布のように落ち葉がかぶせられている。

いきなり「きゅう」と声がして、目の前に自分より大きいモグラが現れた。

ミチルくんは、恐怖に縮み上がった。

かつてモグラのトンネルを利用させてもらった際、主《あるじ》に見つかってこてんぱんにされたことがある。

けれどモグラは、ミチルくんを攻撃しなかった。

むしろ踊るような動きをしつつ、いい匂いのする食べ物をわけてくれた。ミチルくんは見たこともない、常陸牛という動物の肉らしい。

ミチルくんは攻撃をしてこないそのモグラ――もぐるくんと暮らしつつ、いろいろなことを教わった。倒れていたミチルくんを助けてくれたのは、もぐるくんと夜の散歩をしていたおばあさんらしい。

いつかお礼を言いたい――そう思ってミチルくんは、もぐるくんから体を使う言葉を教わった。人間は大きくて怖かったけれど、二週間かけて勇気を出した。

ミチルくんがおびえながら、けれど一生懸命に感謝を伝えると、おばあさんは喜んで名前をくれた。おばあさんが好きだった、昔のアイドルの名前らしい。

アイドルってと尋ねると、もぐるくんがきゅうきゅう鳴きながら踊った。

こんな風に歌ったり踊ったり、ときにはウィンクしたりして、たくさんの人を元気づける存在がアイドルらしい。

おばあさんをもっと元気にするために、一緒にアイドルをやろうと誘われた。

ミチルくんは困った。

おばあさんだけでも恥ずかしいのに、たくさんの人の前で踊るなんてできない。

けれどおばあさんやもぐるくんが悲しむと思うと、そんなことも言えない。

はっきりと返事をしないまま、ミチルくんはもぐるくんにつきあって歌ったり踊ったりしてみた。

歌うのに比べると、踊るのはそう恥ずかしくない。

むしろ好きだと思う。

こんな風に毎日、おばあさんの前で踊ってみせるのは楽しい。

けれどアイドルとして大勢の前に出るのは、絶対に無理だと思う。

無理だと思うけれど、それを伝える勇気もミチルくんにはない——。


「じゃあなんで、いま伝えたんですか」

僕はミチルくんに問いかけながら、ちらりともぐるくんを見る。

どんよりとした仕草で、あるようなないような肩を落としていた。

どうやら今日の今日まで、ミチルくんが気乗りしていないことに気づいていなかったらしい。

「ぴっ!」

ミチルくんが、きびきびと手を動かした。

「『勇気が出せないのは、きらわれるのが怖いから』……?」

ミチルくんがくいっとうなずき、また手足を動かす。
恥ずかしい。
笑われたくない。
人前に出たくない。
人に反対意見を伝えたくない。
そういう感情はすべて、相手のことが好きだからだとミチルくんは踊る。
「ぴぃ」
恥ずかしがり屋のミチルくんが、なにかを伝えようと雄弁に手足を動かした。
「『本当は、ぬいぐるみも返してほしい』……?」
このぬいぐるみは、ミチルくんにとって大切なものだという。
けれど僕はミチルくんの恩人で、明らかにぬいぐるみを気に入っていた。
返せと言えば、きらわれてしまうかもしれない。
命の恩人なのに。
新しいお客さんなのに。
「ぴぃ!」
ミチルくんが全身で、「やっぱりぬいぐるみを返して」と訴えていた。

僕にきらわれることを覚悟して、精一杯に勇気を出した。

「なぜミチルくんは、急に――」

僕が言い終える前に、神戸さんが「ふぅん」と鳴いた。

その片方だけ見えている目が、こちらに向いている。

ミチルくんが変わったのは、僕のせいだと言いたいらしい。

「でも僕は、別になにも……」

「きゅう」

もぐるくんがミチルくんの肩を抱き、僕の目を見てうなずいた。

「……そうか。僕も、ミチルくんと同じだったんだ」

水海さんは、クラスメイトに陰口を言われながらもがんばっている。

僕は見て見ぬ振りをしたけれど、本当は伴奏を代わってあげたほうがいい。

なのに僕が手を差し伸べなかったのは、きらわれたくないからだ。

恋とか愛とか、そういう話じゃない。

僕が人に無関心を装っているのは、すべての人にきらわれたくないからだ。

自分が傷つきたくないから、言いたいことも言わず、考えないで逃げている。

僕がやりすごしているのは、勇気を持つこと自体だ。

「ミチルくんは、それを僕に伝えるために……」

きらわれる勇気を持てたのは、それ以上に伝えたいことがあったからだ。

ミチルくんは僕への恩に報いるために、自分自身を捨て石にしてくれた。

「ぬいぐるみは、もちろん返します。そのことで、ミチルくんをきらいになったりしません。むしろ僕は……」

それが頬を伝っていく前に、ごしごしと目元を拭う。

「きゅう……！」

もぐるくんは、僕以上に感極まっていた。

涙こそ流していないけれど、うれしそうにミチルくんをハグしまくっている。

ミチルくんは、もぐるくんにもきらわれる覚悟で本音を話した。

それは絶対にステージに立たないという宣言ではなく、あらためて一緒にアイドルを目指すという返事なのだと思う。

大勢にきらわれるかもという恐怖に打《う》ち克《か》ち、ミチルくんはもぐるくんを選んだ。

まあステージの上で固まっても、ミチルくんをきらう人はいないだろうけれど。

「きゅう！」

サンドイッチも食べてと言うように、もぐるくんが腕を前方につきだす。

僕はおそらく常陸牛であろうローストビーフのサンドイッチに舌鼓《したつづみ》を打ち、ニューレタス菜やグリーンボール、かき菜といった、ひとつも名前を知らない緑一色のサラダを堪能した。いつか上手に食レポできるようになろう。

「ごちそうさまでした」

会計ボックスに代金を入れてお店を出る。

ぬいぐるみのぶんだけ軽くなったリュックが、少し誇らしい。

今日は家に帰ったら、久しぶりにピアノ椅子に座ろう。

そして明日は、思いきり水海さんにきらわれよう。

月曜日の朝は、いつもと少し違っていた。

目玉焼きの朝食や朝の挨拶は変わらないけれど、鏡の中の顔が明るい。

これから人にきらわれるのに、妙なものだと笑う。

学校に着くと、タイミングを見計らって水海さんに話しかけた。

「水海さん、ちょっといいかな」

「珍しい。秋太郎から話しかけてくるなんて」

水海さんはやさぐれているのか、冷笑気味に返してきた。

「実は僕、ピアノの経験があるんだ。伴奏を交代しよう」

「は？　冗談？」

「冗談じゃないよ。音楽室に行こうか」

昨晩ざっと練習した成果を、音楽室のピアノで披露する。

「……なにそれ。だったらなんで、あのとき手を挙げなかったの」

「僕に勇気がなかったんだ。きらわれる覚悟を持つだけの」

「なんで急に、伴奏を代わるなんて言いだしたの」

「『ふっきれポイント』がきたんだ」

それがなんだったのか、正確にはわからない。

ぬいぐるみ、豚汁、ヒミズ……あるいは水海さんなのかもしれない。

「……最低だね。きみもあたしのこと、陰で笑ってたんだ」

「たぶん僕は、ずっと悩んでたんだ。世界と自分の関わりかたについて」

水海さんが、ふんと鼻を鳴らして笑った。

「自分のことだけ考えていればいい人は、その程度を悩みって言うんだね。じゃあきみが弾きなよ。存分に、世界と関われば！」

僕の反応を待たず、水海さんは音楽室から出ていった。

最後の言葉は意味がわからなかったけれど、決別の意思は受け取った。

こんな風にきらわれてしまったのは、僕がミチルくんとは違うからだろう。

かわいらしさの話じゃない。

この期に及んで、僕は自分をさらけ出していないから。

水海さんが好きだと、素直に言えていないから。

でもそれはしかたない。男女が友情を確かめようとすれば、よほど慎重に行動しないと恋慕《れんぼ》を誤解されてしまう。

本当にそういうのではないから、こうするしかなかった。

「これで、よかったんだ」

僕がわざわざ口に出したのは、やっぱり傷ついているからだろう。

でもそれこそが、人生をやりすごさなかった証だ。

4

朝。

食卓にあった、おにぎりをかじりながら家を出る。

自転車に乗って駅まで向かう。

陽射《ひざ》しは強く、首筋に当たる風が心地いい。

地球温暖化に伴い、「日本から秋がなくなる」なんて言われている。

けれど昔から、秋は普遍的なものではなかった。

能動的に探す「誰かさん」にならなければ、小さい秋は見つからない。

落葉。

パーカー。

月見バーガー。

夏と冬の間に季節を見いだした最初の人と、僕はいま感覚を共有している。

水海さんに決別宣言をされてから、二週間がたった。

しかるのち、合唱コンクールも終わった。

体育館で歌うだけのイベントに「コンクール」なんておおげさな名前がついているのは、うちの学校では文化祭の代わりだからだ。

卒業間近な三年生が団結できる機会は、合唱コンくらいしかない。

もちろん団結は名目で、練習中も一体感などまるでなかった。人前で歌える人は多くないし、時期的にも大半の生徒は勉強に集中したい。

中学生という生き物は、いつだってダルいなにかに捕らわれている。

そんなもやもやは、ピアノ伴奏者の水海さんに向けられた。

決別宣言の翌日、水海さんは「やっぱり自分が弾く」と伴奏を続けた。

しかし技術の上達は伴わず、みんなも日々のストレスに苛《さいな》まれている。

ゆえに本来は陰口なんて言わない真面目な生徒まで、周りにつられて小声で水海さんを非難した。これは教育の、社会の、人間の、脆弱性《ぜいじゃくせい》だと思う。

だから僕は、精一杯に大きな声で歌った。

口パクでやりすごす生徒の大半は、周りが歌っていないからだ。

隣に大声で歌うクラスメイトがいたら、多くの生徒がつられたり、歌わないとまずいような焦りに駆られたりする。これは国民性。

僕が大声で歌い始めると、最初は奇異の目を向けられた。

けれど悪いことではないので、誰も非難できない。

それに「ひとりだけ大声でウケる」なんて言う人もいなかったから、うちのクラスはまあまあ品がいいと思う。

僕が大声で歌う前と後では、明らかに全体の声量に変化があった。

下手でも声を出すのは気持ちがいいと、何人かが気づいたのかもしれない。

そして本番当日。

思春期の中学生に団結を強いるイベントとして、やはり合唱は向いていない。どこのクラスも消化するように歌い、男子は口すら動かしていなかった。

だから僕たちのクラスの声量は、学年でも最大だった。

体育館は、おおいにどよめいた。

水海さんの伴奏になんて、いい意味で誰も注目しなかった――。

駐輪場に自転車を止め、改札口へ向かう。

すると水海さんが、スマホを見ながら柱にもたれていた。

「早いね、水海さん」

「おはよう、秋太郎。初めてのデートだから、気あい入れてきちゃった」

とてもそうは見えない、パーカーにデニム姿の水海さん。

「デートのつもりはないけど」

「そうなの？　残念」

「水海さん、僕のこと好きなの？」

「うーん……正直に言うと、『ない』かな。顔も好みじゃないし、秋太郎、性格もよくないし。『世界と自分の関わりかた』みたいな言い回しも鼻につくし」

「……ならよかった。僕も水海さんに、恋愛感情はミリもないよ」

精神的なダメージが顔に出たのか、水海さんが僕を見て笑った。

ホームに出て、上り電車を待つ。

観光地に向かう下りと比べ、この時間は空いているのでふたりとも座れた。

「秋太郎とは、ふたりきりでも気まずくないのがいいね」

いつも隣の席で見ている横顔が、いつもよりも少し近い。

「友だちだからね」

「あたしたち、友だちなんだ」

「違うの？」

「師弟じゃない？」

水海さんが、にやりと笑う。

「おおげさだよ」

「そんなことないよ。秋太郎のおかげで、最高の思い出が作れたし」

電車が駅に着き、僕たちは無言で外へ出る。

改札を出て太陽を見上げ、「秋だね」なんて言いながら街を歩く。

水海さんの言う通り、僕たちのクラスは優勝した。

たぶん技術は関係なく、声量の問題だと思う。

一体感をやりすごしているクラスに比べれば、僕たちはやけくそ気味に歌い散らかしていた。優劣の判断基準は、お遊戯会と同じだ。

とはいえ優勝という結果は、僕の大声だけに起因しない。

「水海さんが、がんばって練習したからだと思うよ」

やはり自分で弾くと宣言したあと、水海さんは僕にコーチを頼んできた。

だから本番までの一週間、僕たちはずっと音楽室にこもった。

水海さんのピアノは上達し、誰の耳障りにもならなかった。

決してうまくはなかったけれど、叫ぶように歌う連中を止めもしなかった。

うちのクラスには、それだけで十分だった。

「やっぱり？　あの一週間と優勝って結果は、あたしの財産になるよ」

水海さんの笑顔に、いつもみたいな邪気がない。

「不思議だね、水海さんは」

「なにが」

「人から陰口を言われたり、僕に頭を下げて必死に練習したり。合唱コンなんて、そこまでする価値のあるイベントじゃないよ」

「じゃあなんで、秋太郎はあんな大声で歌ったの」

「感化されたんだ」

「感化？」

「推しに」

「推しって、アイドルとか？」

「そう。ここだよ」

僕は路地裏の、小さな小さな看板を指さした。

「『もぐらのすうぷ屋さん』？　ていうか、看板ちっさ！」

驚く水海さんを促し、地下への階段を下りていく。

黒いドアを開けると、いつものようにオーナーとアイドルが出迎えてくれた。

「きゅう」

頭を下げるもぐるくんとミチルくんを見て、水海さんは固まっている。

今日はふたりということで、小さなテーブル席に案内された。

僕はお店のマニュアルを見せながら、水海さんにじっくりと語った。僕の「ふっきれポイント」と思われるすべてと、このお店についてを。

「えっと……つまり秋太郎は、ミチルくんと同じってこと？」

わかったようなわからないようなという顔で、水海さんが首を傾げている。

「水海さんに見せたかった、僕の『大事なもの』だよ」

おばあさんのためにがんばるもぐるくんに、ミチルくんは感化された。

人前で踊る勇気はまだ出ないけれど、もぐるくんのために一歩を踏み出した。

きっとこのお店で働くことで、ミチルくんは少しずつ変わっている。

恥ずかしがり屋なヒミズは、もぐるくんに誘われ、断れず、アイドルを目指す活動の一環として働き、人に会い、自分を知り、ついには勇気を持つに至った。

そんなミチルくんに、僕は自分を重ねた。

人間ぎらいを装って、遠ざけていた人間関係の構築に踏みだすべく、きらわれることを覚悟して、水海さんに伴奏の交代を申し出た。

「アイドルを目指すモグラ……たしかに推したくはなるね」

「推しができると、世界に色がつくんだ。見過ごしている秋に気がつけたり、食べ物をおいしいと感じるようになったり」

こんな風に、友だちと出かけてみたくなったり。

いつか茨城県の古我市にも、行ってみたいと思う。

それがミチルくんの晴れ舞台だったりしたら、きっと感無量だろう。

そのために僕ができることは、こうして推しに会いにくること。

そしてときどき、「ミチルくんなら大丈夫」と励ましてあげることだ。

なにしろミチルくんは、まだステージに立つ決心がついてないから。

「きゅう」

「ぴぃ」

ミチルくんともぐるくんが、今日のメニューを運んできてくれた。

二人前の料理を運ぶのはたいへんそうだけれど、心を鬼にして見守る。

「ありがとう……かわいい……」

水海さんが、瞳をうるませていた。猫だけでなく、モグラのことも好きになってくれたならうれしい。

「いただきます」

今日のメニューはスープカレーと和くるみのパン。それから野菜のマリネだ。

ボウルに注がれたスープ状のカレーは、思ったほどに辛くない。スパイスの香りはするけれど、口に含むと野菜の甘みも感じられた。

けれどやっぱりカレーだからか、味わうペースは早くなる。

「おいしい。あたしパン好き」

水海さんは細かいくるみがトッピングされたパンをちぎって食べ、「スープカレーの具にトマトは珍しい」と言い、またもぐもぐとパンを食べた。

正面から見るおいしそうな顔は新鮮で、まじまじと眺めてしまう。

「なに、秋太郎。めっちゃ見てくるじゃん」

「水海さんは、さっきの僕の質問に答えてないから」

「質問？　なんだっけ」

「なんで合唱コンクールを、あそこまでがんばったのかって話」

「ブロッコリーとオリーブオイルって相性いいよねー。アイスプラントも食感ぷちぷちで、ほんのり塩気があって、意外とマリネにあうかも」

食レポでごまかされた気がするけれど、たしかに古我市の野菜はおいしい。

だからゆっくり味わってもらうべく、しばらくは食事を楽しむことにした。

やがて完食した頃、観念したように水海さんが言う。

「青春の思い出が、ほしかったんだよね」

「青春の思い出」

「高校では、もう作れないから」

「なんで」

「秋太郎には、あんまり言いたくないな」

じゃあ僕以外にならら言えるのか。だとしたらそれはなぜ？

気になるけれど、拒んでいる相手に聞くのは勇気ではなく蛮勇だ。

きらわれる覚悟があっても、傷つけるようなことは言うべきではない。

だから、自分の話をすることにした。

「水海さんに、僕の秘密を打ち明けるよ」

「もしかして、好きな女子の話？」

にわかに目を輝かせる水海さん。

「僕は趣味で、こういう画像を撮影してるんだ」

写真系のSNSを開き、いままで投稿した画像の数々を見せる。

「え、いいじゃん。かっこつけまくりで、すごく秋太郎っぽい」

「それはどうも」

むっとしてみせたけれど、こらえきれずに吹きだした。

「あの、お食事中すみません。プロデューサーになってみませんか？」

カウンター席に座っていた女性が、ふいに話しかけてきた。

いかにも仕事ができそうな雰囲気の人で、いままでにも店で見たことがある。

けれど第一声が意味不明すぎるので、僕は怪訝《けげん》の表情で返した。

「あ、ごめんなさい。怪しい話じゃないんです。私はここの常連で、相楽夏葉と言いまして――」

カウンターの上で、もぐるくんがくいっとうなずいた。

相楽さんというこの女性、「もぐらのすうぷ屋さん」の名づけ親らしい。

相楽さんによれば、この店のお客さんはみんなモグラたちを推したいという。けれど現状では、お店に通っておいしいものを食べることしかできない。

「ここはあくまで、古我市のアンテナショップなんです。でもいつかもぐるくんたちが凱旋《がいせん》ライブをするときに備えて、グッズとか作れたらいいなって」

「グッズ」

「そんなにコストはかけられないから、ポストカードとかカレンダーとか」

相楽さんは広告代理店に勤めているらしく、もぐるくんたちのライブに向けていろいろと考えているそうだ。

「だから写真が好きな人に、もぐるくんたちのスナップを撮ってもらえたらって」

「そういうことなら……実は一枚だけあります」

僕はSNSではなく、カメラロールから秘蔵の一枚を見せた。

それは地下から看板を運んできた、もぐるくんとミチルくんの画像だ。

「隠し撮り！　秋太郎サイテー」

水海さんの批判コメントに、僕は歯切れ悪く謝罪する。

「その、このときはまだ、猫を撮るのと同じ感覚だったから……」

とはいえ盗撮の誹《そし》りは免れない。ましてミチルくんは恥ずかしがり屋だ。

どうかきらわれませんようにと、ミチルくんを見る。

「ぴぃ！　ぴぃ！」

どうやら喜んでいるようで、軽く飛び跳ねていた。

もぐるくんも問題ないらしく、僕を見てくいっとうなずいている。

「ふぅん」

神戸さんは大人らしく、自分が写っていなくてもすねたりしなかった。

「みんな気に入ったみたいですね。これからも、撮影をお願いします」

相楽さんに言われて、ふと気づく。

僕にもプロデューサーとして、ミチルくんのためにできることがあった。

人生をやりすごすためにしていたことに、新たな意味が生まれた。

それもまた、ミチルくんというアイドルのおかげだと思う。

「よかったね、秋太郎。恥ずかしがり屋のミチルくんが飛び跳ねて喜んでくれて」

お店を出ると、水海さんが肘で僕の胸をつついてきた。

「うん。あれは自分でも、うまく撮れたと思う」

「思い上がってて笑う。ミチルくんが喜んだのは、単に秋太郎が撮ったからだよ」

ほかの人なら怖がってると、水海さんが真相を教えてくれる。

「……水海さんにも、撮影を手伝ってもらえたらうれしいんだけど」

照れ隠しだけで言ったわけじゃない。

人に迷惑をかける勇気がなければ、人との関係は築けない——それはずうずうしくも清々《すがすが》しく、僕にピアノのコーチを頼んできた水海さんから教わったことだ。

「しかたないなあ。五ヶ月だけね」

なぜそんな風に限定するのかと考えて、少し見えてきた。

五ヶ月たつと、僕たちは中学を卒業している。

さっき水海さんは、「高校では青春の思い出を作れない」と言った。「自分のことだけ考えていればいい人は」と、僕を非難しながら自分語りをした。

「世の中、思った通りにはいかないね」

いきなり踏みこまないように、慎重に言葉を紡《つむ》ぐ。

「え？　なんの話？」

「僕は自分の秘密をばらすことで、水海さんが高校で青春できない理由を聞こうとしたんだ。なのに推しの密着カメラマンになるなんて」

「え。そんなに理由、聞きたかったの？」

「だって……僕にだけは言いたくないとか言うから」

水海さんが声を出して、あははと笑った。

「本当に、深い意味はないよ。こう見えて、秋太郎には感謝してるんだ。あたしに最後の青春をくれたから。でもそう言うと、告白みたいでしょ」

だとしたら、あのときの僕と同じ悩みだ——違う。

水海さんの横顔は笑っているけれど、目の奥に朗《ほが》らかさはない。

いま僕は、ミチルくんと同じく勇気を試されている。

「水海さんは、なんで高校では青春できないの」

きらわれてもいいから、僕はその答えを知りたかった。

三杯目

たまねぎのスープ

〜夢は熱しにくく
冷めにくいから〜

1

「ねえ、お母さん。新たまねぎって、別に『新』じゃなくない?」

夕食の席で晶《あきら》が言ったとき、私は理由を聞く前にむっとしてしまった。

張りつくような薄皮をむく苦労に耐え、がんばって作った新たまねぎのサラダ。旬の野菜を食べさせてあげようとか、血液がサラサラになるんだからとか、こっちはいろいろ考えているのに。

「普通のたまねぎは、収穫してから乾燥させるわけ。新たまねぎは、そのまんま市場へ出てくるわけ。だから『新』ってことなの」

ぴしゃりと返すと、晶は想定内という顔をする。

「だったら『生たまねぎ』が正解じゃない? 『生ドーナツ』みたいな」

たしかに最近は、そういう「生」がはびこっている。まあ「生ビール」みたいなもので、フレッシュさをアピールしたいのだろう。

でもその理屈が通用するのは、ものが「加工品」のときだけだ。

「晶がいま食べてるのが、『生たまねぎ』だよ」

「あー……生野菜の『生』か」

「じゃないと『生ドーナツ』は、焼く前の生地ってことになるでしょ。わけわかんないこと言ってないで、さっさと食べなさい」

「じゃあ普通のたまねぎを、『乾燥たまねぎ』って言ったほうがよくない？　『フレッシュトマト』と『ドライトマト』みたいに」

「『乾燥たまねぎ』もすでにあるよ。水で戻すやつ」

「そっか……どうにかならないかな」

いつまでも考えこむ晶に、私はまたいらだった。

「そんなに『新たまねぎ』が気に入らないなら、食べなくてけっこうです」

「怒んないでよ。たまねぎを、『旧たまねぎ』って思いたくないだけなんだよ」

なにそれという顔で、私は眉だけを動かす。

「『パンダ』と『レッサーパンダ』みたいに、両方とも並列に存在してるのに片っぽが劣ってる、みたいな名前が好きじゃないってこと」

たしかに「レッサー」には、「劣っている」という意味がある。

自分と似ても似つかない相手と比べて「劣っている」なんて言われたら、レッサーパンダも憤慨するだろう。

されど忙しい母親には、十代の感傷に共感しているひまがない。

「いいから、早く、食べなさい」

噛んで含めるように言うと、晶は露骨に肩をすくめた。

まだ十代の晶には膨大な時間があり、世界は未知に満ちている。

酸いも甘いも知り尽くした四十半ばの母親は、同じ目線でものを見られない。

「ごちそうさま。お母さん、タブレット貸して」

晶は以前から女の子のアイドルを育成するゲームが好きで、友だちと一緒にライブに行ったりもしている。スマホよりも大きい画面で遊びたいのだろう。

「いいけど、仕事でも使うんだから変なアプリ入れないでね」

「それは『変』の定義によるかな」

まるでアニメのキャラクターみたいな言いかたをして、晶は自室に戻った。

趣味を否定するつもりはない。ただああいうオタク的な感じで、学校でうまくやっていけるのかと心配になる。私もそっち寄りだから——。

そこまで考え、我ながら「親」すぎると反省した。

子どもなんて放っておいても育つのに、ついつい自分の意に沿うようにコントロールしてしまう。母と一緒だ。

それが母の愛情だったことは、親になったいまはわかる。けれど子ども時分にわずらわしかったのも本当だ。

なのに繰り返してしまうのは、私に余裕がないからだろう。明日は日曜だけれど今週からシフトに入ることになっている。

「早く、寝ないと」

食洗機を回し、洗濯機を回し、お風呂から出て「もうこんな時間」と目を回す。飛ぶようにすぎる時間に追われ、逃げるように布団に入った。

最後に自分の時間をすごしたのはいつだろう。

趣味に没頭していたのは、まだ彼がいた頃だ。

別に彼が悪いわけではないけれど、八つ当たり気味に仏壇の遺影をにらむ。

けれど対話をする前に、私は眠りに落ちていた。

私の仕事はゲームセンターの店長なので、日曜も営業日ではある。

とはいえ母ひとり子ひとりの家族だから、日曜くらいは子どもとすごしたい。だから普段は休んでいるけれど、先週から日曜シフトの子が産休を取ることになった。本社は人員を補充してくれなかったので、私が穴を埋めている。

私もかつて産休を取ったので、穴埋め自体に不満はない。

不満があるとすれば、今日が日曜でここがオフィス街ということだ。

「それでは今日も一日、よろしくお願いします」

インカムで従業員に指示を出しつつ、店内を一周する。

平日のゲームセンターは、スーツを着た男性が朝から仕事をサボる場所。

けれど今日みたいな週末は、ほとんど人がいない。ここは商業ビルと商工会議所しかない、こてこてのオフィス街だから。

だから繁華街の店舗と違い、プリ機やプライズマシンは少ない。ゆえに若者のデート需要も見こめないし、オタク層には街自体のウケが悪い。

正直なところ、土日は休みにしてもいい店舗だと思う。

けれどアミューズメントという業態で、その判断は難しい。社是《しゃぜ》も「休日は遊ぶためにある」だから、利益は関係ないのだろう。

そういう社風は好きだけどと思いつつ、真面目に店内を一周する。

特に問題なかったのでスタッフルームに戻り、事務作業に時間を費やした。まったく邪魔が入らないので作業が捗り、予定よりも早くひと仕事が終わる。

「店長。ひまですし、昼休み長めに取ってもらって大丈夫ですよ」

昼食に出ようかと思っていると、若い社員に声をかけられた。

「え、優しい。どしたの」

「なんか店長、疲れた顔してるんで」

「えっ……？」

思わず両手で頬を押さえた。今朝の私、どんな顔してたっけ。

「いや、そこまでじゃないんですけど……シフト増えてますし」

苦笑いが返ってきて、心にダメージを負った。

職場の女の子はみんな「若い」とほめてくれる。優しくてデリカシーのないこの世代の男の子だけが、現代における自分を映す鏡かもしれない。

「……ありがとね。気持ちだけ、受け取っておくね」

「でも今日とか、本当にひまですよ」

それはそうなのだけど。

「昼休みを長くとっても、ゆっくりできる場所がないからねえ」

日曜出勤における唯一の不満は、飲食店が開いていないこと。

チェーン店はまあまあ混んでいて疲れるし、落ち着くカフェはウイークデーしか営業していない。評判のいいイタリアンの店はそもそも選択肢に入らない。高い。

「じゃあ昼食は手早くすませて、早めに帰ったらどうですか」

「それは、ありがたいけど……」

ちらりと、男子社員の顔を見る。

「心配しないでください。僕も二年目ですし、だいたいのことは処理できます。というか普通に、成長の機会がほしいです」

業界的にゲーム好きなオタク気質の社員が多い会社だけれど、最近は意識の高い若者も入ってくる。斜陽したゲームセンターを立て直すために、早く出世して経営に参画したいらしい。

「きみ、来年には私の上司になってそう」

「それでも僕の師匠は、ずっと店長ですよ」

優しいけれど、なる気まんまんなのは隠さない。その意気やよし。

「じゃ、お言葉に甘えようかな。最近ストレスが溜まってて」

「いいバスソルトがあるんで、今度持ってきますね」

思わずきゅんとなったので、さっきのノンデリ発言は帳消しにしてあげよう。

それにしても、最近の若い子は本当に心が優しい。たったひとりの家族に腹を立てる私は、ちょっと心に余裕がなさすぎだ。少し休もう。

昼食をシリアルバーですませ、残りの仕事を手早く片づける。

「それじゃあ、あとはお願いします」

男子社員に頼んで早退したのは、まだ日も高い午後三時。

明るい空に気分がよくなり、うんと大きく伸びをする。

とりあえずは家に帰ってシャワーを浴びて、ビールでも飲もう。おつまみは唐揚げがいい、なんてプランを練りつつ近道の裏路地を歩く。

するとうっかり、なにかを蹴飛ばした。

足下に手のひらサイズの看板が倒れている。

拾い上げ、ほこりを払う。壊れていないようで一安心。

「『もぐらのすうぷ屋さん』……？」

こんな小さい看板のお店あったっけと、雑居ビルの入り口を見る。

ああそうそう。地下にカレー屋さんがあった。たしかバーを間借りしているお店だったから、今日はこの「すうぷ屋さん」が入っているのだろう。

オフィス街で日曜日に営業する飲食店は、とても貴重だ。

しかもスープ屋さんというのがうれしい。半端な空腹感のときにスープは重宝するけれど、駅ナカにあるチェーンの店はみちみちに混んでいる。

時間もあるし寄ってみようかと思うも、私はまっすぐに駅へ向かった。

これまでの日曜は、晶と団欒《だんらん》の時間をすごしていた。

たぶん私にとっては、それが一番の休養だったと思うから。


「ただいま」

帰宅すると、お肉の焼けるいい匂いがした。マンションのエレベーターを降りた時点で漂っていたこの匂いは、我が家が発生源だったらしい。

「お帰り。早かったね」

リビングのソファに座っていた晶が、タブレットから顔を上げる。

「なにか料理したの？」

「あ、うん。お母さん遅いと思ったから、夕食を」

「えっ」

私の声は、弾んでいたと思う。

どちらかと言えばズボラな晶が、親の食事を用意する。そんな成長を見せてくれたことに、私は感動を禁じ得なかった——のに。

「あ、ごめん。作ったのは自分のだけ」

「ああ、そう……」

がっくりと背中が丸くなった。こっちは晶のためにスープを我慢してきたのに、とは言わないけれど、帰宅前よりも疲れた気がする。

私はふらふらと寝室に入り、着替えももどかしくベッドに倒れこんだ。

ふたりきりの家族でも、ドラマみたいに美しい親子関係になったりはしない。

晶は問題児ではないけれど年相応に現代っ子で、笑っていても感情が表に出ていないタイプだ。精神的に自立しているのだと思う。

とはいえまだまだ学生だから、私が養わなければならない。

それがしんどい、ということはまったくない。

趣味に割ける時間はなくなったけれど、仕事は好きで選んだもの。生意気で屁理屈が多く優しくなくても、我が子はやっぱりかわいいし。

でも母親としてがんばっている自覚もあるから、報われないとむくれたくなる。

「このまま、子どもに人生を捧げて終わるのかな……ごめん」

よくない言葉が出てしまい、私は仏壇の遺影に謝った。

私は幸せだ。彼はけっこうお金を遺してくれたし、晶もすくすく育っている。

この生活に不満なんて、あろうはずもない。

いま私がすべきは、自分のためにスープを作ること。そう思ってベッドから這い出てみたけれど、キッチンでできたのはお湯をわかすことだけだった。

カップスープもおいしいけれど、「生」のスープが飲みたいなと思う。

2

人は「ライフイベント」と聞くと、結婚や出産ばかりを想像する。

実際は家事、育児、仕事という怒濤の日々に割りこんでくる、彼の三回忌やら、親の入院やら、子どもの進路相談という、人生において軽視されがちだけど、絶対に避けることができない厄介ごとこそが、ライフイベントだ。

その負担を分担できるパートナーは、もういない。

晶もまだ頼っていい年齢じゃないから、私は寺やら病院やら学校やらへ出かけ、家では家事をこなし、挙げ句の果てに日曜日に出勤していた。

そろそろ一億円が当たるライフイベントが起こってもいいと思う。宝くじは買ったことがないので、ドラッグストアのクーポンルーレットで。

「店長、お疲れさまです。休憩……長めにとってくださいね」

よほど顔に出ているのか、二年目の若手社員にも気を遣われていた。

今日は深く考えず、優しさだけを受け取っておこう。

「ありがと。そうさせてもらおうかな」

「早退も大丈夫ですよ。前回も問題ありませんでしたし」

時計を見ると正午だった。いまから軽食を取りつつ仕事を片づければ、前回と同じく三時には店を出られるだろう。

「すみません。ご厚意に甘えさせていただきます」

部下が優しい上司すぎるので、思わず敬語になった。

ひとまず三時に仕事を終えたので、「お先です」と職場をあとにする。

空はやっぱり明るくて、足取りもなかなか軽い。

「あっ――」

そういえば先週もウキウキ歩いていて、小さな看板を蹴飛ばしたっけ。

「――ぶなかった」

思いだしたところで間一髪、その看板の前で踏みとどまれた。

「『もぐらのすうぷ屋さん』……」

看板の店名を、口の中でつぶやいてみる。

今日も昼食は誰かの旅行土産らしいお菓子をかじっただけで、ほぼ空腹に等しい状態だった。夕飯にはまだ早い。軽食ならいける。

でも家では家族が帰りを待っている……と思ったのは先週まで。最近の晶は部屋にこもってタブレットに夢中だし、おなかが空けば自分でなにか作って食べる。私のぶんはない。義理立てする必要はない。

食べ物の恨みっぽいのがあれだけど、私は雑居ビルの階段を下りることにした。

すぐに黒いドアがあり、正面になんやかんやと書かれている。

やはり「もぐらのすうぷ屋さん」は、バーを間借りした店らしい。オフィス街で日曜しか営業しないことに、特別な意味があるのだろうか。

不安感でノブを握り、期待感でドアを開ける。

入り口でひとりの女性とすれ違った。けれど店内には誰もいない。

なんでと立ち尽くしていると、大きな犬がこちらに歩いてくる。

予期せぬ展開に驚きつつ、ぺたんとお座りした犬を反射的になでた。

「かわいいねえ。手触りがいいねえ」

ちょっと犬種の名前が出てこないけれど、盲導犬で見かける大型の子だ。人慣れしているようで、吠えたりうなったりする様子はない。

とはいえ、この犬が店のオーナーということもないだろう。

従業員はどこかと店内を見回す。すると奥から変な声が聞こえてきた。

「ふぅん」

文字にすると「ふぅん」だけれど、こちらを値踏みする、あるいは鼻を鳴らすような感じじゃない。それこそ犬が甘えるときの声に似ている。

声の主はと捜すも、カウンターの向こうにも人影はない。

人影はないけれど、妙な生き物が二本足で立っていた。

「ひっ」

大きさはたぶん猫くらい。全身がふわふわした灰色の毛に覆われていて、鼻が動物的にとがっているものの、手のひらは妙に人っぽい。

驚いて息を呑んだけれど、不気味な存在という感じでもなかった。

なにしろ頭にバンダナを巻いて、そこからはみでた毛が前髪のように片目を隠しているから。イケメンというより、イケメン風というのが近い。

「ふぅん」

謎の生き物がもう一度鳴き、手のひらでカウンターの席を示した。

座れと言っている気がするけれど、従っていいものか――。

「ふぅん」

謎の生き物がまた鳴いて、カウンターの上に手を動かす。

そこにラミネート加工されたカードがあった。飲食店のメニューによくあるものだと思う。読めばいいのだろうか。

私は恐る恐る席に座り、二匹の動物に見守られながらカードを読んだ。

どうやらメニューではなく、このお店の説明書らしい。

上から順に目を通し、あっけにとられた。

「アイドルを目指す、モグラ……？」

顔を上げて、正面にいるモグラらしい生き物を見る。

スツールの上に立った生き物が、ぱちんとウィンクした。

なるほど。言われてみればモグラ……いや、どうだろう。

取説によれば、この子はコウベモグラの「神戸さん」らしい。ほかにも二匹のモグラが在籍しているようだけれど、いまは姿が見えなかった。

とりあえずは、取説の続きを読もう。

「モグラは人とコミュニケーションが取れる……ってこと？」

私の疑問に反応し、くいっと首を動かし前髪を跳ね上げる神戸さん。

たまにイケメンがやる仕草だ。意味はわからない。

「コミュニケーション、取れてるかな……？」

でもそれは、私の修行が足りないせいという気もする。

犬も伏せたりおなかを見せたりして、人になにかを伝えてくる。実家で飼っていた柴は私に対し、そうやって「なでろ」と要求してきた。

モグラの文脈を知ることができれば、神戸さんを理解できるかもしれない。挑戦してみる価値はある……かどうかは微妙だけれど。

「あの、注文はできるんですか」

ためしに聞いてみると、神戸さんは首を横に振った。

「ふぅん」

神戸さんは甘えた犬のように鳴き、その後は体を小さくしたり、食べる仕草をしたりして、なにかを伝えようとしてくれる。

あれこれ考え、聞き返し、十五分かけてようやくわかった。

「『ウェイターの二匹が休憩中だから、少し待って』……？」

私の要約に、神戸さんが「ふぅん」と鳴く。「ああ」くらいの意味っぽい。

恐るべきことに、意思の疎通ができてしまった。

それはよしとして、いいかげんおなかも空いている。

「話はわかりました。でもお鍋からスープをよそって出すだけなら、神戸さんだけでもできませんか」

なにしろ神戸さんは目の前にいて、おたまもお皿もそろっている。

「ふぅん」

神戸さんは、やれやれという具合に肩をすくめた。

「『自分の仕事じゃない』」

言葉通りなら冷たい気がするけれど、ニュアンスまではわからない。

「じゃあ今日は、出直したほうがいいです？」

「ふぅん」

「『もうすぐ休憩が終わる』？　どのくらいです？」

我ながら理解が早く、コミュニケーションのテンポがいい。

たぶん母親という存在は、言葉の通じない生き物に慣れているからだろう。

「ふぅん」

スツールの上に立っていた神戸さんが、視線を下に向けた。なんだろうと腰を浮かしてカウンターの下をのぞくと、小さなモグラが二匹いる。

二匹は半透明のプラ容器に詰められた、なにかを夢中で食べている。確認したら食欲が失せるかなと思ったけれど、好奇心でのぞくと焼き肉だった。

「予想外……」

「ふぅん」

神戸さんがまた、前髪を振り上げて説明してくれる。

モグラは燃費が悪い生き物で、一日に体重の半分の食事が必要らしい。なので仕事中にもちょこちょこ補給が必要で、焼き肉はエネルギーの効率がよいという。

そういう事情を知ると、ちょっと親近感が湧いた。

「きゅう」

「ぴぃ」

食事を終えた二匹が、犬の頭に乗ってスープカップを運んできた。さっきの説明書によれば、茶色いほうがもぐるくんで黒いほうがミチルくん。

「ぴ」

ミチルくんが付箋紙のメモを渡してくれた。

料理名はなんともシンプルに、「たまねぎのスープ」らしい。見た感じ、レストランでは「オニオンコンソメスープ」と言われているものだと思う。

「いただきます」

琥珀色のスープを鼻に近づけると、焦がしたたまねぎの香ばしい匂いがした。

ひとくち飲んだところ、こってりと濃厚なたまねぎのコクと甘みを感じる。溶け残ったたまねぎの食感も、とろりとしていておいしい。

「私、たまねぎが好きなんです。いろんな料理に使われるのに主役になることはあまりないから、このスープはたまらないです」

「ふぅん」

神戸さんがふわりと前髪をかき上げた。人間で言えば「うまいでしょう」とドヤ顔をしているシェフみたいだけれど、神戸さんはあたためただけのはず。なのに頭の中にはことこと煮えるスープを見守る神戸さんのイメージが浮かんだ。

料理は古我市の農家さんや、パン屋さんが作っている。説明書でそう読んだから私も安心して食べられたわけで、神戸さんのビジュアルはちょっとずるい。

「きゅう」

もぐるくんとミチルくんが、パンとサラダを用意してくれた。

表面に焦げ目のついたチーズがトッピングされたパンだ。

「このパン、スープとあわせたら『オニオングラタン』なんじゃ……」

思うが早いかパンをかじってスープを飲むと、私は笑ってしまった。

「こういうのを食べたかった……って味がします」

口の中のチーズにスープがあわさると、よりこってりとした味になる。合間にグリーンサラダを食べると、すっきりしてさらに食が進む、進む。

「ごちそうさまでした」

すべての料理を食べ終えて、私はふうとおなかを押さえた。

パンにスープにサラダなんて、メインがないのに満足感がすごい。

「ふぅん」

カウンターの向こうで背を向けていた神戸さんが、こちらに振り返って鳴いた。

正確な意味はわからないけれど、どきりと胸が鳴る。

私の解釈では、「いい顔になった」と言われた気がしたから。

「きゅう」

「ぴぃ」

新しいお客さんがきたようで、もぐるくんとミチルくんは犬に乗って接客へ。

すると私の前に、ことりとお茶のカップが置かれた。

「いい香り。これも茨城県のお茶ですか？」

神戸さんが振り返り、ぴっと片手を軽く上げる。

わかったようなわからないような感じなので、付箋紙のメモを見た。名前は「さしま茶」で、茨城西部で栽培される名産品らしい。

食後はコーヒーが好みだけどと思いつつ、ひとくち飲んで驚いた。味も香りも、すごく濃い。味は異なるけれど、口に風味が長く残るのはコーヒーと似ている。

「古我市って、おいしいものばかりなんですね」

「ふぅん」

神戸さんが、へにゃっと相好《そうごう》を崩す。

さっきまでのクールな振る舞いとのギャップに、心が鳴った。見た目も大きく年かさなのに、ほか二匹よりもかわいく見えてしまう。

「……そういえば、神戸さんはコウベモグラなんですよね。茨城県の古我市に、なにかゆかりがあるんですか」

神戸さんは指を一本立て、口の前に当てた。

「ふぅん」

おそらくは、「次の機会に」と言われた気がする。

この年齢であしらわれるなんてと、図らずもどきどきしてしまった。

「そうですね。また来週きます」

会計ボックスにお金を入れ、もぐるくんたちに見送られて店を出る。

ずいぶん長居したようで、すっかり日が暮れていた。

急いで帰ろうと駅へ向かう足取りが、いつもよりも軽い。


「ただいま」

帰宅すると、晶はやはり食事をすませていた。

手がかからなくてありがたいけれど、それはそれでさみしい親心。

「お母さん、今日は顔色がいいね」

「そう？　というか、いつも悪いの？」

「うん。でも今日は、いいことあったって顔してる。彼氏でもできた？」

「そんなっ、わけないでしょ」

本当にそんなわけないのに、なぜか慌ててしまった。

「え、ほんとにできたの？」

声がうわずっていたのか、晶がいぶかしむ目を向けてくる。

「ばか言ってないで、子どもは早く寝なさい」

さんを思いだしていた。

のだから、やましいことはなにもない。

けれどその後にお風呂に入るときも、布団にもぐりこんだときも、私はうっすら神戸

「まだ七時だけど」

「じゃあお風呂に入りなさい」

晶が「はーい」と素直に答え、くすくす笑いながら脱衣所に消える。

我ながら動揺してしまったけれど、別にそういうのではない。相手は人間ですらない

週末を待ち遠しく思いつつ、一週間の労働を終えた。

今日は念願の日曜出社。

家事の合間にモグラのことを調べたりしていたので、早く神戸さんに会いたい。

「店長、最近なんか若返りました？」

「本当？　お世辞でもありがとう。ついでに今日も、早帰りいい？」

部下が優秀すぎるので、とうとう自分から聞いてしまう始末。

快《こころよ》く聞き入れられたので、今日もパンをかじりつつ仕事に勤しむ。メダルコーナーで
トラブルがあったけれど、ずっと笑顔でクレーム対応できた。

顔色がよくなり、若返ったと言われ、カスハラにも笑顔で対応できるなんて、推しがいるってつくづく素晴らしい。

そんなこんなで仕事を終え、今日も三時に「すうぷ屋さん」へ。

「きゅう」

地下の黒いドアを開けると、もぐるくんとミチルくんが出迎えてくれた。この二匹もやっぱりかわいくて、「さすがはアイドル」と腕組みしながらうなずいてしまう。

けれど私の推しは神戸さんだしと、まっすぐにカウンター席へ向かった。

「ふぅん」

この「無関心と歓迎の間くらい」の鳴き声がたまらない。

今日も神戸さんはクールで、大人で、かっこよくて、かわいい。

「きゅう」

今日のメニューを、もぐるくんとミチルくんが運んできてくれた。

きゅうりの入った味噌汁だったので驚き顔を上げると、壁にコルクボードがかけられていることに気づく。いままでは付箋紙のメモだったメニューを、わかりやすく掲示するようにしたらしい。お店は少しずつ進化している。

「これが噂の、『冷や汁』」

宮崎県の郷土料理として有名だけれど、私は食べたことがない。

スープ屋さんのいいところは、スープが主役になることだと思う。おかげでめったに食べない料理と再会したり、知らない味に出会える確率が高い。

「いただきます」

お椀に顔を近づけてみると、味噌汁よりもずっと透明感があった。きゅうりやシソの葉も色鮮やかで、なんとも夏っぽい清涼感がある。まだ暑い盛りの時期だから、こういう料理はありがたい。

れんげに近い深いスプーンで、まずはスープだけをすくってみる。味噌の香りとごまの香ばしさに、ぐっと食欲がそそられた。

いただきますと口へ運ぶと、ひんやりした感覚に舌が驚く。続いてシソの峻烈《しゅんれつ》な香りが鼻を抜け、つるりと喉をすべり落ちていった。

「たしかにこれは、ご飯かも」

お椀からすくった冷や汁を、丼の中の熱いご飯にかける。全体が十分に浸ったところで、汁とごはんを一緒にすくって食べた。

「思ってた味と、ぜんぜん違う……」

溶けた味噌のまろやかなうまみ。

シソやミョウガ、きゅうりのシャキシャキした食感。

そこに加わる、ほぐしたアジの干物の塩気。

豆腐とごはんで、ボリュームもしっかり。

面白いのは熱いごはんと冷たい汁が、交ざってもぬるくならないところ。両者おいしい温度のままで、のどごしのよさも満腹感もある。

初めて食べた冷や汁は、シンプルに見えて情報量が多い料理だった。

けれど和食の繊細さが好きな人も、ジャンクな料理が好きな人も、どっちも満足させられそうなほど、味噌、ごま、干物のパンチ力がすごい。

作るのもさほど難しくなさそうだし、晶にも食べさせてあげようか。「今夜は冷たい味噌汁だよ」なんて言ったら、働きすぎを心配されそうだけど。

「ふぅん」

するすると冷や汁を食べる私を見て、神戸さんは満足そう。

「そういえば、前に聞きそびれた話なんですけど」

どうして神戸のモグラが、茨城のご当地アイドルになるのかを知りたい。前に尋ねたときは「また今度」と、営業スマイルでかわされてしまったから。

「あの日から、モグラのことはけっこう調べましたよ」

コウベモグラは主として西日本に生息している。東日本のアズマモグラとは中部地方の辺りを境に、生息圏がはっきり分かれているんだとか。

もともとアズマモグラの生息地は全国だったけれど、コウベモグラとの縄張り争いに負け、東へ東へと後退を余儀なくされた経緯がある。

種族的には敵対関係にある神戸さんともぐるくんが、アイドルを目指して一緒に活動している理由を聞いてみたい。

「ふぅん」

神戸さんが前髪を跳ね上げ、テーブルで接客しているもぐるくんを一瞥する。

なにやら因縁がありそうだと、私は固唾《かたず》をのんだ。

「ふぅん……ふぅん」

たっぷりとタメを作りつつ、神戸さんが手足を動かす。

その踊るようなコミュニケーションには、どことなく色気があった。

もぐるくんやミチルくんとは方向性が違うけれど、神戸さんもたしかにアイドルしていると思う。そこはかとなくナルシストっぽいし。

「えっ、『別に因縁はない』んですか？」

ライバル物語が聞けると思っていたので、少し落胆する。

「ふぅん」

くいっとうなずき、ゆっくりと舞い始める神戸さん。

どうやら神戸さんは、神戸よりも西の出身であるらしい。

店の三匹の中ではもっとも体が大きいけれど、それは個体差ではなく種の問題なのだと強調された。神戸さんはもぐるくんに比べて太っているわけではなく、人間で言えばすらりと背の高いモデル体型だそうだ。

その真偽はさておき、神戸さんは争いを好まぬ平和主義者だという。

「ふんむ」

戦えばかなり強いけどねと、マッチョなポーズも取ってくれた。

話を戻して、神戸さんはモグラたちが争ってまで縄張りに留まる意味が理解できないらしい。トンネルを掘ってどこまでも進んでいけるのに、いつも同じものを食べ、同じ水を飲み、同じ空気を吸い続けることが、退屈だったという。

だから神戸さんは、のんびり暮らせる土地を求めて列島を北上した。

動物の生存政略に縛られずに放浪する神戸さんは、フィンランドの有名な物語に出てくる旅人みたいだと思う。ギターを背負ってほしい。

そんな神戸さんは、旅の途中でときどき地上に顔を出すこともあった。

人と接することもあり、みんながずいぶんよくしてくれた。いま頭に巻いているバンダナも、名古屋で喫茶店のマスターからもらった物らしい。

「ふぅん」

「『宝物』……いいですね。旅人っぽいです」

そんな人とのふれあいの中で、神戸さんはコミュニケーションというものを覚えたようだ。ひらたく言えばジェスチャーを。

トンネルを掘り、ときどき土地に滞在し、気が向いたらまた北上する。

長い旅だった。若かった神戸さんも、その土地に着く頃にはずいぶん歳を取った。

大阪や東京のような都会と違い、その土地は土も水も肌になじむ。しばらくはここに落ち着こうと思ったら、トンネルの中で同族に出会った。

相手はずいぶん体が小さい。旅に出てからよく見るアズマモグラだ。

平和主義者の神戸さんは、もちろんUターンを……しなかった。せまいトンネルでは向きを変えるより、バックで進んだほうが早いから。

お尻からトンネルを大逆走し、適当なところで地上へ顔を出す神戸さん。

ふぅんとひと休みしていると、そこへアズマモグラが現れた。地上まで追いかけてくるなんて、ずいぶんと血の気が多い。

さてどう対処しようと考えていると、アズマモグラが「きゅう」と鳴いた。

そうして両手を後ろに回し、体を揺らしてなにかを伝えようとしている。

神戸さんには、その意味がうっすらとわかった。

アズマモグラは「もぐる」という名で、敵意はまったくないという。むしろ体が大きいのに争いを避けた神戸さんに、興味を持ったようだ。

それならと、神戸さんも自己紹介のジェスチャーを返した。ずっと遠くから旅をしてきたことと、それがとても楽しかったことを、もぐるくんに伝えた。

気がつけばひと晩中、二匹は月の下でどっぷりと話しこんでいた。

互いの身の上を語る間に、神戸さんはなんどもごちそうになった。

もぐるくんの恩人だという「おばあさん」が作ってくれた焼き肉弁当は、初めて食べた味だけれど悪くない。

それから神戸さんは、幾晩もモグラ同士で語りあった。

もちろん土地の人たちともコミュニケーションを取ったし、ミチルくんというモグラに似た生き物とも交流を深めた。

ある晩、もぐるくんがアイドルになりたいという夢を語った。

一緒にやろうと打診され、神戸さんはやんわりと断った。

神戸さんは、旅する自由なモグラだから。

するともぐるくんは、ずんと落ちこんだ。

なにもかも終わりだというように、ぺたんと伏して動かなくなった。

群れを作らないモグラは、基本的に仲間意識に乏しい。けれど旅の中で人と触れあってきた神戸さんは、いつの間にかそれが身についていた。

「ふぅん」

長い話の終わりに、神戸さんが前髪を跳ね上げる。

「『その選択は自由の代償であり、生きることの報酬でもあった』……ですか」

仲間、あるいは社会というものを、神戸さんはそう考えているらしい。

「ふぅん」

こうして神戸さんは、条件つきでもぐるくんの誘いを受け入れたという。

「『公民館のライブを終えたら、また旅に出る』……」。

つまり神戸さんがステージに立つのは、一回きりということらしい。

悲しすぎるけれど、それが神戸さんの生きかたなのだろう。

「じゃあ悔いのないよう、私も精一杯に応援します」

「ふぅん」

スツールの上で、神戸さんがくるりとターンした。

普段は前面に出ないのに、ときどき軽くおどけてみせる。こういうおじさんっぽいところが私は好きで、思えば亡くなった彼もそうだった。

好きなおじさんの背中を見ながら、サラダをつつく。

ツナでざっくり和えられただけの、たまねぎと緑の野菜。それがこんなにおいしいなんて、正直ずるいと感じてしまう。

「そうだ、神戸さん。新たまねぎって、『新』じゃないだろって思います?」

伝わるかは定かでないけれど、私は晶との会話を説明した。

「ふぅん」

神戸さんは、野菜には詳しくないらしい。

だからシンプルに、事実だけを教えてくれた。

「『このサラダには、新たまねぎも普通のたまねぎも使ってない』……?」

はっとして壁のボードを見る。

「『葉たまねぎ』……?」

サラダの中の緑の野菜は、葉たまねぎの葉の部分らしい。葉たまねぎは早取りのたまねぎらしく、むしろ葉の部分が主役であるという。

それでいて白いたまねぎ部分も辛みがなく、しゃきしゃきと食べやすい。葉の部分はとろみがあって、うまみの濃い「長ねぎの青い部分」という感じだった。

「ふぅん」

神戸さんの首を横に振る動きの意味は、うまく読み取れなかった。

ただなんとなく、晶に賛同している風だったと思う。

3

それからも私は、日曜ごとに「もぐらのすうぷ屋さん」へと通った。

「えっ。このお店の名前って、夏葉さんがつけたんですか？」

「成り行きですけど。それまでは、『根かふぇ』って名前でした」

常連客のひとりである、夏葉さんという女性と仲よくなった。いつもは私よりも少し早い、正午くらいに来店しているらしい。日曜出勤仲間だ。

「冬《ふゆ》さんって、なにか特技とかあります？」

夏葉さんは名づけ親であるくらいで、お店との関わりが深いらしい。プロデューサーのひとりとして、ライブに向けていろいろ考えているとのこと。

「んー、裁縫かな。一応そっち系の学校を出てるんで」

軽くドヤってしまったのは、久しぶりに名前で呼ばれてテンションが上がったせいかもしれない。「お母さん」や「店長」もきらいじゃないけれど、自分の名前をけっこう気に入っているから。

「だったらグッズとか、作れそうですね」

「いいかも！」

具体的な話ではないけれど、妄想トークで盛り上がる。

「Tシャツとかは、コスト的に難しいですよね」

「あー、うん。コストかけない系だと、ポストカードとかは？」

「写真が上手とか、デザインができるお客さんがいればいいんですけど」

「欲を言えば、神戸さんのおたまとか欲しい……」

「もぐるくんのスマホケース……」

夏葉さんはもぐるくん推しで、私は神戸さん推し。

好きなアイドルについて妄想をたくましくさせるのは、なんとも楽しい。

晶も友だちと、こういうことをやっていたのかなと思う。

「冬さん。よかったら、メッセージアプリのアカウント教えてください」

夏葉さんに聞かれ、私はふたつ返事でスマホを見せた。

「冬さんの『冬の湖』って、おしゃれな登録名ですね」

「それ、ほぼ本名です。水の海って書いて水海。水海冬が私の名前なんで」

逆に本名だと、お酒の名前みたいで読みにくいと言われる。それはどっちかというと晶のほうだ。水海晶。完全に大吟醸《だいぎんじょう》。

「ではまた、日曜日に」

夏葉さんが仕事に戻ったので、私は神戸さんの前に移動した。

「ふぅん」

神戸さんが、「さしま茶」を出してくれる。

初めてお店を訪れたとき、神戸さんはもぐるくんたちが食事中だからと料理を提供しなかった。こうして手を伸ばせば受け取れる距離なのに。

神戸さんは身体が大きいからなんでもできるけど、もぐるくんや小さなミチルくんはそうではない。けれど給仕の仕事なら十二分に輝ける。

神戸さんは仕事では前面に出ず、いつも二匹を優しく見守っている。特にミチルくんのことは心配なようで、キッチンで仕事をしながらも、猫じゃらしみたいな黒い尻尾をちらちらと目で追っていた。

その様子はアイドルというよりも、おじさんのバイプレイヤーみたいだ。公私ともに優しくて、悩みを聞いてくれそうに見える。

「おととい、娘とケンカしちゃったんですよね」

大人で聞き上手な神戸さんに甘えてみたくなり、ちょっと愚痴ってみる。

緊急でシフトの交代が発生し、一昨日の金曜に休みを取ることになった。

午前中に掃除洗濯祭りを開き、午後はサブスクでドキュメント番組を見た。モグラの生態を学びたかっただけだけれど、単純に内容も面白かった。

やがて晶が学校から帰ってくるなり、私を非難した。

せっかくの休日なのだから、もっと有意義に時間を使えと。

それを考えなかったわけじゃない。私にだってやりたいことはある。ささやかな夢のようなものもある。

けれどそれを目指すには、物理的な時間も体力もない。今日がたまたまひまであるだけで、継続的に集中できる時間はない。

あまり言わないようにしているけれど、私はシングルマザーだから。

だからつい、言い返してしまった。「晶だって、いつもアイドルのゲームばっかりしてるでしょ」と。

少し言いあいになったけれど、いつものことでもあり、すぐに仲直りはできた。けれど私の中には、いままでにないしこりが残った。

「私、洋裁の専門学校を卒業したんですよ」

神戸さんは、黙って私の話を聞いてくれている。

卒業して最初に就職したのはアパレルメーカーだったけれど、なぜか私は営業に配属された。ひとり暮らしの老人の住所を渡され、インターホンを押し、「服、いりませんか？」と、飛びこみ営業をやらされた。

二十年前はまだ、そういう仕事がまかり通っていた。押し売りでウィンウィンになることなんてない。だいたいは私が傷ついた。

結果、一年もたずに退職した。

その後はゲームセンターでアルバイトをしながら、気ままにすごしていた。

そもそも私は、アパレルに就職したかったわけじゃない。私が専門学校で洋裁を学んだ理由は、アパレルよりもむしろゲームセンターにある。

「ぬいぐるみを、作りたかったんですよね」

幼い子どもの頃からぬいぐるみが好きで、いまも寝室には彼の遺影以外にもたくさんの「目」がある。

ぬいぐるみに携わる仕事がしたければおもちゃメーカーがいいのだけれど、私がしたかったのはもっとこう、直接ぬいぐるみに触れる仕事だ。

自分でぬいぐるみを作ったり、誰かの宝物を修理したり。

けれどそれで食べていける人なんて、ほんのひと握り。

だから夢はいったんあきらめ、アルバイト先にそのまま就職した。プライズでぬいぐるみに触れられるゲーセン勤務は、アパレルよりも性にあっている。

ぬいぐるみの仕事は、老後に細々やっていけたらいいなと思っていた。

けれどいまだって、思いを馳せてはいる。

「神戸さんの夢は、日本一周とかですか？」

私が尋ねると、神戸さんは肩をすくめた。「夢なんてないよ」と。

神戸さんが北上を続けるのは、単に旅が好きだからららしい。

だから夢はないけれど、夢見るモグラを間近で見るのは楽しいという。

「ふぅん」

「『もぐるくんが夢を叶えるのが、しいて言えば自分の夢かもね』……」

私は仕事と生活に忙殺され、夢を追うことはおろか夢を見る時間もない。

神戸さんに癒やしてもらい、繰り返し一週間を働く日々だ。

それはもちろん晶のためだけれど、私は神戸さんのように優しく見守ってあげられるばかりじゃない。タブレットに夢中な様子を見ると、昨日みたいにもやもやが感情として吐きだされてしまう。

「神戸さんは、偉いです。みんなのお兄さんみたいで。私もそうなりたい……」

うつむきながら長い愚痴をこぼすと、ぽんと頭になにかが乗った。

神戸さんがスツールの縁に立ち、私の頭をぽんぽんしてくれる。

人間だったらどんなに好意を持っている人でも払いのけるけれど、相手がモグラというだけで妙に気持ちがいい。神戸さんはモグラにしては手が大きいから。

「私が、『偉い』……？」

神戸さんがスツールの上でステップを踏みながら、私をほめてくれた。仕事も、家事も、子育ても、たったひとりでがんばっていて立派だと。

すると私の視界が、うるんで揺れ始めた。

晶は決して悪い子じゃない。ふたりの時間はそれなりに楽しいし、「時間を有意義に使え」なんて言葉には、私をねぎらう意味もあると思う。

会社の部下も気を遣ってくれる。人に優しくはしてもらえる。

でも優しさは、共感よりも距離がある。

いたわりやねぎらいは、対岸からの優しさだ。

自分と同じ岸にいる人だけが、真の共感から健闘をたたえることができる。

要するに私は、自分をほめてほしかったのだと思う。

同じ立場でそれをしてくれた唯一の相手は、もういないから。

「すいません、神戸さん。泣いてしまうなんて……」

謝りながらも、こらえながらも、どうしても嗚咽してしまう。さびしいとか悲しいではなく、たまったもやもやをただ吐きだすように。

頭の上で「ふぅん」と鳴きながら、神戸さんはずっとよしよししてくれた。

「神戸さんは、大人ですね……」

ようやく感情が収まってきたので、涙を拭きながらつぶやく。

するともぐるくんとミチルくんがやってきて、ふりふりと体を動かした。

「『夢は、ひとりでは、見られない』……かな？」

翻訳を試みると、もぐるくんがくいっとうなずく。

モグラがアイドルを目指すなんて夢はあまりに非現実的で、もぐるくんがどれだけがんばっても絶対にかなえることはできない。

けれど実際は少しずつ、着実に進んでいる。

それは古我市のみなさんがサポートしてくれるから。

失敗してずんと落ちこんだときに、支えてくれる仲間がいるから。

「ふぅん」

神戸さんが背を向けて、小さく首を横に振る。

誰かの協力がなければ夢は見られない。けれどその協力体制も、真ん中に立つ勇気のあるモグラがいなければ成立しない。

そんな神戸さんの背中語りを聞くと、もぐるくんはいたく感動した様子だった。

けれどすぐに、がたがたと震えだす。プレッシャーにも弱いらしい。

さっきまで泣いていた私の顔は、いまきっと笑っている。

もぐるくんが落ちこんだときは神戸さんが励まし、神戸さんはもぐるくんやミチルくんのがんばりを見て夢を得ている。

「素敵なグループですね。そういえば、みんなのグループ名ってあるんですか？」

私の問いに、三匹のモグラはそろって首を傾げた。

「ええとですね、アイドルは個人個人で名前もあるんですが……」

グループ、あるいはユニット名というものがあるのだと説明すると、三匹がそれぞれ顔を寄せあって体を動かしはじめた。かなりの激論だ。

私はくすくす笑いつつ、邪魔しないようそっと会計をしてお店を出た。

私にとって夢というのは、熱しにくく冷めにくいものなのだと思う。

若い頃はぬいぐるみ制作で食べていく自信がなかったし、いまは晶のために働かなければいけないからと時間を有意義に使おうとしない。

夢はひとりでは見られないというもぐるくんの言葉は、逆に言えばひとりで見ているうちは夢ではないということだ。

家事も家計もワンオペであるいまの状態について、もういない彼を責めてもしかたがない。晶が重荷であるかのように、言い訳しているのは自分だ。夢に火がつかないように自分で冷まし、そのくせ燠火《おきび》のように内側は熱を持っている。

もぐるくんの夢は、まだ形になっていない。

けれど口にすることで、たくさんのサポートを得ている。

私もまずは、伝えることから始めよう。

帰宅してドアを開けると、室内から料理の匂いがした。

「ただいま、晶。お母さん、ちょっと話があるんだけど」

上着を脱ぐのもそこそこに、子ども部屋のドアに話しかける。

「お帰り。お母さん、ごはん食べた？」

部屋から出てきた晶の顔が、妙に明るい。

「え、食べたけど。なんで」

「……そっか。今日は上手にできたから、食べてほしかったのに」

まるでもぐるくんみたいに、肩を落とす晶。

「私のぶんも、作ってくれたってこと？」

「むしろお母さんのぶんしかないよ」

「は？」

意味がわからず困惑していると、食卓に座るよううながされた。

テーブルの上に、料理が三品並べられる。

肉野菜炒めと、中華スープと、ごはん。

「なんか、町中華みたいなメニュー」

「お母さんと外食すると、いっつも中華だったから」

別に私は、中華が大好物というわけじゃない。夕飯作りをサボりたいときに、近所にある手ごろなお店が町中華だっただけだ。

「あー、だめだ……」

つんとする鼻をつまみ、涙を引っこめようと大きく呼吸する。

けれど今日はもう涙腺が開いているようで、気づけばぐすぐす泣いていた。

子どもが自分のために、料理を作ってくれた。

たったそれだけのことだけど、ズボラからの成長や、最近はケンカが多かったこともあわさって、涙がなかなか止まらない。

「お母さんさー、ちょっと働きすぎで疲れてるよね」

「うん。正直めちゃめちゃ疲れてる」

「そっか。もうしわけないけど、あと半年はがんばって」

「半年？」

「高校に入ったら、あたしバイトしまくるから。そうしたら、お母さんはシフトを減らせるでしょ」

店長なのでそうもいかない。というかそれ以前の問題だ。

「あのね。晶はそんなこと考えなくていいの。お金はちゃんとあるから」

「そのお金は、あたしの大学費用でしょ。生活費はちゃんと稼がないと」

「なんでそんなこと知ってるの」

晶がにやりと笑う。

「それにお母さん、少しまとまった時間がほしいでしょ。たまの休みだって寝るだけで終わっちゃうし」

お金のことも含め、晶が意外と家の中を見ていることに驚いた。

「大人の休日は、そういうものなの」

「やりたいこと、あるでしょ。昔お父さんとよく言ってた」

「……そんなことまで、覚えてるの」

たしかに彼が亡くなる前は、私によく言ってくれた。

ぬいぐるみ作りを仕事にしないのはもったいない。少しずつでも始めるべきだ。お金は僕がなんとかするから、と——。

彼の言葉に、甘い夢を見ていた時期もあった。

「夕食とか朝食は、あたしが作る。高校三年間はめっちゃバイトするから、お母さんはその間に夢を形にして。あたしが大学生になったら交代。これは暫定《ざんてい》の案ね」

「晶……そこまで考えてるの？」

「もっと考えてるよ。高校三年間をバイトに捧げるから、いまのうちめっちゃ青春しておこうと思って」

そう言って、私の前にタブレットが置かれた。

ホーム画面に見慣れないアプリがいくつかある。夢中になっているゲームかなにかだと思ったら、すべて鍵盤楽器を弾くための練習用アプリだった。

「あたしね、合唱コンクールでピアノ弾くんだよ」

「晶がピアノ弾いてたの、小学校一年生のときだけなのに？」

「その状況でめっちゃ練習して入賞できたら、高校三年分の青春になるでしょ」

我が娘ながら、めちゃめちゃかっこいいことをやっている。

言えばピアノはともかく、キーボードくらいは買ったのに。

それもたぶん、お金を気にしていたのだろう。

「ごめん……お母さん、晶のことちっともわかってなかった……」

「それたぶん、お互いさまだよ。最近まであたし、二次元のアイドルばっか追っかけてたし。お母さんが一生懸命働く理由を、見て見ない振りしてた」

涙はまだ止まらず、ティッシュばかりがテーブルに積み上がっていく。

どうしようもなくなって、私は肉野菜炒めに箸を伸ばした。

「どう、おいしい……？」

自信なさげに晶が聞いてくる。

「おいしくない。肉が固い。火が通りすぎ」

「なんでそこだけ正直なの！」

「でも中華スープはおいしい。手作りの味」

「スープの素だけど」

「インスタントだって、人に作ってもらえば手作りなんだよ」

ふたりして、泣きながら笑う。おかげでようやく涙が引っこんだ。

「晶のほうが、私よりよっぽど大人だね」

「あたしも悩んでたんだよ。母子家庭なのに、あたし全然苦労してないなって。なんで苦労してないのかって、気づくのが遅すぎた」

最近は互いの状況を確認する時間がないほど、ふたりとも忙しかった。優しさはそれなりにあっても、お互いの立場になっていなかった。

「晶が苦労してないなら、それはお父さんのおかげだよ」

「お母さんもだよ。ともかくあたしは、将来のビジョンがなんにもなくってさ」

「中学生であるほうが少数派じゃないの」

「でもお母さんはめちゃめちゃがんばってるのに、自分が漫然と生きてるのが情けなくなってさー。だからできることを、少しずつしていこうかなって」

案外そういうものから、やりたいことって見えてくると思う。

「ありがと。でも高校に進学するなら、料理よりも勉強をがんばって」

「お母さん知らないの？　いまって子どもが減ってるから定員割れが多いんだよ。都立とか県立とかは、名前さえ書けば入れる」

にわかには信じがたい。進路の三者面談では学区内の高校ならどこでも大丈夫と言われたから、そこまで心配はしていないけれど。

「お父さんが亡くなって、もう三年だね」

「あとで仏壇に報告しないと。晶はちゃんと育ってるって」

彼は私より十歳上だったけれど、それにしたって早すぎる死だった。不摂生をしていたわけでもない。健康診断だって受けていた。それでも病は隙を縫って襲いかかってきて、気づかぬうちに彼を蝕《むしば》んだ。

「実は、お父さんのことも関係あるんだよね。お母さんはあたしが家を出てから自分の好きなことをやるって思ってるけど、いきなり病気になることもあるから」

「それは……その通りだね」

その点に関しては私のほうも考えていて、自分が働けるうちに蓄えを作っておくという結論を出していた。自分の夢は勘定に入れずに。

「まああたしも大人になってきたし、これからも家族でがんばっていこ」

「そうね。ふたりきりの家族になったたし、気分一新して仲よくしましょ」

「それやだ。お父さんがいた時期といない時期を、別のものにしないで」

また晶の屁理屈が始まったとあきれ、ふっと気づく。

この世に「新たまねぎ」が存在することで、「たまねぎ」が「旧たまねぎ」と呼ばれる日がくるかもしれない。晶はそれを恐れていた。彼の死で私たち家族の形が変わってしまうことが、彼に対して申し訳ないのだろう。

晶の屁理屈には、いつも晶なりの理屈があったのだと思う。

これからは、もう少しだけ耳を傾けてあげよう。

4

晶が家事を手伝ってくれるようになり、少し自由時間ができた。

ひとまずできることとして、久しぶりにミシンを動かしている。過去に作った黒猫をリメイクする形で、ぬいぐるみの制作を始めた。

久しぶりのミシンは楽しい。

小さなぬいぐるみだから手縫いでも作れるけれど、きれいな縫い目を見て自分のテンションを上げたかった。

私が上機嫌でミシンを使っていると、晶が動画を見るように勧めてくれた。視聴して驚いた。ネットには同好の士がたくさんいる。

いまはこんな風に世界中の人とコミュニケーションを取って仲間もできるし、販路の拡大や広報もできる。

「できた商品を売るサイトもたくさんあるし、修理依頼だって受けられる。技術がある人は、オーダーメイドの受付もしている。

「いわゆる『推し活』が一般的になって、推しの『ぬい』を欲しいって人が増えたんだよ。『ぬい』は公式でも作ってるけど、それにあわせる小物や衣装を作りたいって需要もあるし」

晶の解説を聞いて、私は少なからず興奮していた。

まだ四十五歳だし、ネットにうとい自覚はない。

けれど自分から探しにいかなければ見つからない情報が、いまの時代にはたくさんある――というわけでもないのかもしれない。

たぶん昔も、熱意を持って探せばぬいぐるみを仕事にする方法はあったはずだ。

私は誰かの言葉を鵜呑《うの》みにして、「食えない」と決めつけていたのだと思う。

そんな私の熱しにくく冷めにくい夢を、神戸さんと晶があたためてくれた。

たまねぎを煮こむように、じっくりことことと。


ぬいぐるみができあがったので、日曜は「もぐらのすうぷ屋さん」に向かった。

出迎えてくれたもぐるくんたちに挨拶して、カウンターの席に座る。

食事をして、しばし神戸さんと話してから、私はぬいぐるみを取りだした。

「これ、よかったらミチルくんに」

小さくて黒っぽいヒミズのぬいぐるみを、ミチルくんの隣に置く。

神戸さんはきっと、自分のぬいぐるみよりもミチルくんを作ったほうが喜ぶ。そんな打算もあったけれど、それだけというわけでもない。

モグラやヒミズは、常に体がなにかに触れていないと落ち着かないらしい。

ドキュメント番組を見て知ったので、いつももぐるくんの後ろに隠れるミチルくんに役立ててもらいたかった。

「ぴぃ！」

ミチルくんは喜んでくれたようで、土下座のようなポーズを取る。

そんなことしないでと返すと、ミチルくんは考えた末に踊った。びっくりするくらいにキレがあり、モグラ二匹に比べて尻尾も長くてよく映える。

すっかり見とれてしまった私は、ダンスが終わると拍手喝采を送った。

「きゅう！」

もぐるくんが興奮気味に、先日参加したダンスレッスンの様子を伝えてくれる。

予想通りではあるけれど、ミチルくんが一番ほめられたらしい。

「ところで、グループ名は決まったんですか」

尋ねると、もぐるくんとミチルくんがお店を出ていった。

しばらくすると、あの小さな看板を抱えて戻ってくる。

「グループ名も、『もぐらのすうぷ屋さん』なんですね。素敵です」

いい名前だけれど、きっと夏葉さんは複雑な思いだろう。

「冬さん。ミチルくんのぬいぐるみ、作るのたいへんでしたか？」

遅くきた夏葉さんが、ミチルくんとぬいぐるみを見て目を輝かせている。

決定したグループ名を聞いて、顔を引きつらせたときとは大違いだ。

「これは昔に作ったやつをリメイクしたんで、そこまででは」

「素人なんで、変なこと言ってたらすみません。ああいうぬいぐるみが作れるっていうことは、もぐるくんたちのステージ衣装も作れたりしますか？」

たぶん夏葉さんは、大きさだけで判断したのだろう。

ぬいぐるみはパーツを後づけするので融通が利くけれど、人なりモグラなりの中身が入る衣服だと簡単にはいかない、けれど——。

「できます！」

言っちゃった。

だって神戸さんに似あう衣装を作ってあげたいし。

「すごい！　材料費は、プロデューサーのみんなでカンパします」

「プロデューサーって、私と夏葉さん以外にもいるんですか」

「私も会ったことはないんですけど、お店の『説明書』を作った最初のプロデューサーがいるはずです」

「ある意味、一番の立役者」

でもその人を、お店で見かけたことはない。

もう推すのをやめてしまったのか。あるいは別の事情があるのか。

「それにこれからも、きっと増えると思います」

たしかにそうだし、そうでなくては困る。

私はどうしても、ステージに立つ神戸さんを見たいから。


熱しにくく冷めにくかった私の夢が、具体的に動き始めた。

日曜日は「もぐらのすうぷ屋さん」で三匹の採寸をして、家では晶と交代で家事をしながら、隙間時間でステージ衣装を作る。

平行して、販売用のぬいぐるみも作る。

完成品に満足がいかないと、「才能ないかも」ともぐるくんみたいに落ちこむ。

そういうときは、脳内で神戸さんがよしよししてくれた。

逆に晶は、相変わらず優しくなかった。

「落ちこむひまがあったら、相応の値段をつけて出品すればいいでしょ。いい商品なら売れるし、売れなかったらそういうこと」

私と晶の関係は、神戸さんともぐるくんのそれだと思っていた。夢を追いかける若者を見守る、落ち着いた大人のはずだった。

けれど実際は逆で、夢を持つ私を晶が見守ってくれている。

「晶は家事のスキルもめきめき上達して、どっちが母親かわからないね」

人生で一度は言ってみたいセリフを、本当に言う日がくるとは思わなかった。

「ところでさ、お母さん。あたしにもぬいぐるみ作ってよ」

テレビで料理番組を見ながら晶が言う。

「いいけど、晶は別にぬいぐるみ好きじゃないでしょ」

「友だちが好きなの。スクバの中に、こっそり変なぬいぐるみ入れてる」

「女の子のバッグの中を勝手に見ない」

「男だよ。隣の席だからバッグが開いてると見えちゃう」

「まさか……その男の子こと好きだったりする？」

「ないない。秋太郎は性格ねじれてるし、世界観キモいもん」

ひどすぎる言い草だけれど、友だちではあるのだろう。

「わかった。どんなぬいぐるみがいいの？」

晶の返答を聞いて、私は世界の狭さを知った。

四杯目

ショウガのスープ

〜きっかけさえ
なかったとしても〜

1

わたしの就職活動は、ゼロ勝ゼロ敗でした。

就活をしなかったわけじゃないんです。

大学に入って、単位も取って、スーツを着て企業説明会へは通いました。

ただ、やりたいことがなかったんです。

どんな会社にも興味が持てず、働く自分のイメージもわきませんでした。


「だったらカスガ。一回わざと留年して、新卒をキープしたほうがいいよ」


友人がいたら、こんな風にアドバイスしてくれたことでしょう。

けれどわたしは大学四年間をぼっちですごし、ひとりゆえに授業は真面目に出席せざるを得ず、結果、すこぶるよい成績で卒業してしまいました。

わたしは初期装備のままサブクエストを一切せずに、メインストーリーだけを進めたRPGのような人生を送ってしまったわけです。

職を得ずに大学を卒業したいまの状態は、新大陸へ移動するための船がないようなもの。いつまでも第二章へ進めないので、平原を右往左往するだけの日々です。

「焦らなくていいよ、ハルヒ。やりたいことなんて、そのうち見つかるから」

理解ある彼くんがいたら、そんな風に許容してくれたでしょうか。

でもわたしの本名は、「春日」と書いて「ハルカ」です。

ゆえに友人からは「カスガ」とあだ名で呼ばれ、彼氏からは「ハルヒ」と呼ばれています……なんて妄想をしている二十三歳の無職。それがわたしです。

ここでわたしは、ようやく目を覚ましました。

正確に言えば、ずっと起きてはいたのです。ただまぶたを開けず、こんな風にぐるぐると考えていたのでした。

だからどこかからが夢で、どこからが現実の思考かもわかりません。

たぶんわたしは、将来に漠然とした不安を持っているのでしょう。

まずは現状を打開すべく、助言をくれる友人がほしいです。

「ヘイ、スマホ。友だちの作り方を教え——」

『こちらが見つかりました』

食い気味に返ってきました。よく聞かれているんでしょうね。

検索結果にずらずら並ぶ文章は、優しいQ&A方式のものがほとんどです。

しかし肝心の内容は情緒もへったくれもないというか、手心がないというか、なかなかどうして辛辣《しんらつ》でした。

いわく、友だちができない人の傾向として、

『人間関係をリセットする癖がある』

『八方美人』

『他人の悪口を言う』

などがあるのだとか。

それはすでに、会話相手がいる人では?

わたしが一日で家族以外の人に発する言葉はふたつで、そのふたつともがコード決済のアプリ名です。給湯器のほうがまだ口数が多いです。

そんな「ペイ……ペイ……」と鳴くしかできない悲しきモンスターに、インターネットはさらなる追い打ちをかけてきます。

『社会人になると、友だちできにくいですよね！　学生の頃って、別に意識しないでも友だちって勝手にできるものでしたし』

わかります。わたしも小学生の頃には、学友のひとりやふたりいたものです。ところが大学生になると、意識をしても友人ができませんでした。教授や学生課の人以外とは、しゃべった記憶がありません。

インターネットは言います。

『一般的に社会人は労働及び睡眠のための時間を固定されており、それ以外の自由時間を人と調整するのが著しく難しく、可処分所得やライフステージの段階にも差が出てくるため、同年代の相手でも共通の話題が見つけにくい』

これはもう、詰んでいるかもしれません。

わたしは優しい両親に恵まれて、実家で暮らしています。おかげでそれほどさびしくないですし、怒られたりもしません。

アルバイトは面接に受かる自信がなかったので、アプリを使って日雇いで働いています。派遣先はスーパーの品出しや倉庫のピッキング作業です。

こういう仕事は、同僚との会話なんてありません。ひとりで黙々とダンボールを動かして、休憩室ではずっと壁の時計を見て。

雇い主に名前を呼ばれる際にも、基本的に「(アプリ名)さん」ですし。

「カスガ。友だちだから言うけどね。『社会人』って、学生じゃない人のことじゃないんだよ。自分ひとりで生きていける人のことだよ。歳を取って『結婚したい』ってなったときに、生活力がないと婚活もままならないよ」

そんな風に、わたしを怒ってくれる友人をください。

いまのわたしは結婚なんて考えていませんし、このまま三十歳くらいまでアプリ名で呼ばれ、一日に二回アプリ名で鳴く生活でも、まあいいかなと思っています。

とはいえ脳内友人に言わせているのはわたし自身なので、危機感は持っているということでしょう。生存本能が警鐘を鳴らしてくれているのです。

「あっ」

と言う間に、人は三十歳になっちゃうよと。

光陰矢のごとし。歳月《さいげつ》人を待たず。少年老いやすく学成り難《がた》し。白駒《はっく》の隙《げき》を過《す》ぐるがごとし——多い。

先人、めちゃくちゃ後悔してたんでしょうね。後悔先に立たずのごとし。

というわけで危機感だけは一人前のわたしですが、誰かにお尻をたたいてもらわなければ動けない、真面目ななまけものなのが困りもの。

「ハルヒ。さっきのネットの言葉にヒントがあったよ。『同年代の相手でも共通の話題が見つけにくい』って。一緒に考えよう」

こんなに都合のいい彼氏が、いつか見つかる日がくるのでしょうか。

さておき「同年代の相手でも共通の話題が見つけにくい」ということは、その逆もまたしかり。共通の話題があれば友人が作りやすいということです。

そういうのって、趣味の話題がいいんでしょうか。

わたしの趣味……ゲームやマンガは無料のもの。映画はサブスクで適当に。動画サイトは「おすすめ」にあるものをなんとなく。ファッションはファスト。コスメはプチプラ。外食はクーポン次第。

別に節約が趣味というわけではありません。あと見栄はりました。若さと人に会わないことにかまけ、就活以来一度もお化粧していません。

振り返ってみると、人生でなにかにハマった記憶がとんとないです。

わたしはなにが楽しくて生きているんでしょう？

これは自虐ではなく純粋な疑問なので、ヘイスマホしてみました。

するとネットの叡智《えいち》が、趣味の見つけかたを教えてくれます。

断捨離《だんしゃり》です。部屋にあるいらないものを捨てていけば、残ったものが自分のこだわりを教えてくれるのだとか。

さっそくやってみた結果、部屋がビジネスホテルみたいになりました。また見栄はりました。なにとは言いませんが、本当は「房」の雰囲気です。

わたしはなぜ、こんなに執着がないんでしょう？

二十年以上も生きていて、なぜなにも選ばなかったんでしょう？

救いを求めて、就活用に作ったSNSを見てみました。

おかしいですね。アカウントを作った頃には八人くらいいたフォロワーが、いまはなぜかゼロです。まあフォローは十人くらいいるので問題ありません。

久しぶりに見ましたが、並んだアイコンのみなさんがなにを好きかはなんとなく覚えています。顔も覚えていない人たちなのに。

それだけみんな、普段から好きなことを発信していたのでしょう。

逆に、「きらい」を発信していた人も覚えています。

わたしは執着こそないものの、きらいなものも特にありません。

……わかってきました。わたしには、感情がないんだと思います。

そう言うと中二病っぽいですけど、精神の反射神経が鈍いというか、なににつけても熱量の平均値が人より低いというか。

よくアイドルやスポーツ選手を応援する人に対して、「自分の成功願望を他人に託す代替行為」なんて揶揄《やゆ》する人がいますが、そんなことはないと思います。

わたしに言わせれば、なにかを好きになるって才能です。

好きなものがある人は、それだけで輝いて見えます。

その逆もしかりなので、炎上した人や迷惑系の人が注目されるんでしょうね。

おや、気になるつぶやきを見つけましたよ。

『昔から好きな人の好きなものを好きになりがち。アーティストとか。別れてからそのアーティストの新曲が出たときとか、もやっとしつつも聞く（笑）』

ほうほうと、うなずきながら考えます。

好きな人を「A」、「A」が好きなものを「B」とした場合、投稿者さんは「B」に興味がなかったのに、「A」をきっかけに「B」を好きになり、「A」との交流がなくなったあとも「B」を好きでいると。

これまでの考察から、「友だち」を得るためには「趣味」が必要です。

そしてこの投稿で、「趣味」は「友だち（恋人）」から得られるとわかりました。

なるほど、「詰み」ですね。おつかれさまでした。

「違うってばカスガ。ここから学ぶべきは、たとえスタートが感情的な『好き』でなくても、最終的には執着が持てるかもってことでしょ」

さすがわたしの脳内友人は、いいことを言います。ただちょっと話が観念的で、俗人《ぞくじん》には理解が難しいです。

「興味がなくても学校に通った結果、友人ができるんじゃや。夏休みに感想文を書かされた結果、読書が好きになるんじゃや。ハルカ、きっかけはいつも『他』じゃや」

天国のおじいさんが、いい感じにたとえてくれました。

幼少期に友人がたやすくできた理由は、強制的なコミュニティの加入が原因。ゆえに社会人は友人を得る、なにかを好きになる「きっかけ」自体が存在しないと。

ちょっとここまでを、愛用のノートにまとめてみましょう。

1　わたしは真面目なので、将来に対してぼんやり不安がある
2　けれどわたしは、生来のなまけものでもある
3　ゆえに尻をたたいてくれる友人がほしい
4　友人を作るには「好きなもの」が必要
5　その「好きなもの」に対し、最初から強く関心を持つ必要はない

こんなところでしょうか。

まずはなにかテーマを探し、それを好む人と仲よくなり、その後にそのテーマ自体を好きになれれば、順番は前後するものの、わたしの目的は達成できそうです。

となれば最初の課題は、テーマ選びでしょう。

お気づきのかたもおられるでしょうが、わたしは人との会話が不得手です。

苦手ではなく、不得手です。ここ、ポイントです。

わたしは世間に敵意のないことをアピールするべく寝ているときもにこにこしているくらいなので、大学時代は男女を問わずよく話しかけられました。

うれしいのですが、緊張で言葉はうまく出てきません。がんばって返しても、空っぽのわたしの言葉は相手に響きません。

大人数でいる場合も、わたしが口を開くのは自己紹介だけになりがちです。

というわけで、いきなり大勢の人と関わるのは敷居が高すぎます。

テーマのジャンルとしては、ある程度マニアックというか、メジャーではないものがいいでしょう。無人のオフィス街を撮影するとか。

なんて考えていると、ぺけぽろとスマホのアラームが鳴りました。

アルバイトに行く時間です。

今日は清掃の仕事です。トイレを含む共用部分の掃除を仰せつかりました。オフィスビルのトイレはどこもきれいなので、けっこう楽だったりします。

汚れてもいい服しか持ってないので、四十秒で支度が終わりました。いざ出発。

電車に乗って小一時間。さてと目的地の駅で降りようとしたところ、乗りこもうとしてきたお客さんと肩がぶつかりました。「ちっ」と舌打ちされました。

「す、み、ません、すみません」

たどたどしく謝って、都会は怖いと逃げだします。

地上に出たので地図アプリを確認しつつ、指定の場所に到着。

見上げたビルのテナントは、法律事務所のほかに飲食店がちらほら。

これはオフィスビルというより雑居ビルですね。想定よりも小さいので、今日は仕事が早く終わりそうです。そのぶん支給されるお金は減っちゃいますけど、わたしはあまり気にしません。お金を使う目的もないので。

そうして集合時間まで待機していたのですが、わたし以外の人がきません。たまにある、「ひとりでやって」パターンでしょうか。

一階の管理室で聞いてみようとしたところ、誰もいませんでした。

しかし「(アプリ名) さんへ。掃除用具は管理室横のロッカーです」とメモを発見します。ゴミの捨てかたに指示がないので、持ち帰れということのようですね。

これもたまによくあるので、ゴミ袋はいつも持参しています。

それではとマスクをしてゴム手袋をはめ、最上階までエレベーターで。

ワンフロアにテナントがひとつで、廊下もほとんどなし。これならひとりでも問題なさそうです。

階段と踊り場を掃いて拭いて。ほどよい時間で一階に戻ってきました。

掃除用具をロッカーに戻し、アプリに退勤を報告。ゴミもさほど出なかったので余裕でリュックに入ります。あとは入金を確認しつつ電車で帰りましょう。

「あ」

ビルを出ようとしたところで、地下に降りる階段を見つけてしまいました。やってしまったと、掃除用具を取りに戻ります。

入金はもうされてしまったので、これはいわゆるサービス残業ですね。ミスをしたのはわたしですけど。

階段を清掃して地下へ降りると、なにも書いていない黒いドアがありました。

トイレだったら掃除しないとと、ノブを握って回します。

「きゅう！」

鳥のような鳴き声が聞こえ、わたしは即座にドアを閉めました。

一瞬見えた室内には、バーカウンターがあった気がします。鳥の声が聞こえたという
ことは、「猫カフェ」ならぬ「鳥バー」でしょうか。

さておきいきなりドアを開け、無言でばたんと閉めたわたしは、お店からすればかな
りの不審者ではないでしょうか。

怖がっていたら申し訳ないですし、ひとこと謝罪すべきでしょう。

わたしは咳払いをして、コンビニで会計前にしているように「ペイ……ペイ……」と
発声練習しました。

するとドアの向こうから、「きゅう、きゅう」と鳥の声が返ってきます。

なんとなく、「おいで、おいで」と言っているような明るい声音でした。少なくとも鳥は怖がっていないとわかり、ほっとしながらドアを開けます。

すると、目の前に犬がいました。

大きなゴールデンレトリバーが、行儀よくお座りしてわたしを見上げています。

「きゅう」

聞こえた鳥の声は、犬の頭上にいる謎の生き物から発せられました。

謎の生き物は、茶色いのと黒いのの二匹。ネズミのように見えますが、胴長で、目がちんまりとしていて、あの特徴的な耳がありません。

「きゅう？」

「ぴぃ？」

わたしが立ち尽くしていると、二匹は会話をしているようでした。

言葉だけでは足りないのか、手足を動かすボディランゲージです。

「ふぅん」

新しい鳴き声は、バーカウンターの向こうから聞こえました。スツールの上に二本足で立った灰色の生き物が、手招きをしています。

「んねっふ」

変な声が出てしまったのは、ゴールデンレトリバーがわたしの背後に回り、鼻先でふくらはぎを押してきたからです。まるで早く座れというように。

「あの」

誰かいませんかと店内を見回しても、人の姿はありません。

気づけば巨犬につつかれるまま、わたしはカウンター席に座っていました。

目の前には、さっきの灰色の生き物の背中があります。どうやらおたまを持って、お鍋の中身をすくっている様子。

そこで初めて、店内にいい匂いが立ちこめていることに気づきました。

ショウガのよい香りに食欲をそそられ、単純なわたしは空腹を覚えます。

そこへゴールデンレトリバーの頭に乗った茶色い子と黒い子が、おぼつかない手つきでスープボウルを運んできました。

危ないと手を伸ばすと、茶色い子が毅然《きぜん》とした様子で首を横に振ります。

まるで「これは自分たちの仕事」と言うように。

「きゅう」

今度の鳴き声は、「召し上がれ」というように聞こえました。

わたしの前には、玉子、えのき、ねぎが入ったスープがあります。謎の生き物においしそうなスープを出されるなんて、海外の童話みたいな状況です。目を閉じたまま起きているわたしですから、目を開けたまま夢を見ているのでしょうか。

よくわかりませんが、わたしは生粋の無執着人間。

常識にも執着がないようで、すぐに順応できました。

「みなさんは、モグラですか」

地下にいるネズミっぽい生き物というだけで判断しましたが、三匹はそれぞれ同意するような反応を見せてくれます。

「これ、食べてもいいんですか」

ほかにも聞きたいことはありますが、ショウガスープのおいしそうな匂いが気になってしかたないのです。

「ふぅん」

調理担当らしき大きなモグラが鳴き、小さな二匹もくいっと首を振りました。

それではとスプーンを手に取り、ひとくちすくって食べてみます。

夏っぽいさわやかな香りが、つぁんと鼻を抜けました。

冬っぽく芯から温まる感覚が、体に広がっていきます。

ベースの味は中華料理店の玉子スープっぽく、ねぎはシャキシャキとして、えのきはくきくきと歯ごたえがあり、それぞれがショウガの辛みと好相性です。

そんな風邪のときでもはっきりわかる味が、ふわふわの玉子にくるまれると、優しい口当たりになるのが不思議ですね。

「まろやかでコクがあって、キレがありますね」

人間相手でないと、かくも饒舌《じょうぜつ》なわたしです。スープを飲んでいるのにビールみたいな食レポも、空っぽの自分らしいと思います。

「きゅう」

茶色いモグラが、ぱたぱたと手を動かしていました。

どうやらボディランゲージでなにかを伝えようとしているようです。

けれど一向に終わる気配がありません。まあ今日の仕事は終わっていますし、無職のわたしは特に用事もありません。

ですのでじっくり時間をかけて、コミュニケーションを取ることにしました。

おにぎりと漬物もいただいたので、もぐもぐしながらモグラを見守ります。

茶色モグラの話がものすごく長かったので、ひとまず愛用のノートにメモをしながら要点を整理してみました。以下のような内容です。

モグラたちは恩人のおばあさんに報いるためにアイドルを目指し、そのための修業として、ここでアンテナショップのスタッフとして働いている。

名前はそれぞれ、茶色いのがもぐる、黒いのがミチル、灰色が神戸さん。

モグラたちの雇い主は茨城県古我市の道の駅のみなさんで、このバー自体のオーナーはビルの大家さん。

ちなみにゴールデンレトリバーの名前も、「オーナー」。

その大家さんは昼の時間、バーをほかの人に貸していて、平日はカレー屋さんなんかが営業している。このお店は日曜日だけ。

人間のスタッフがいないのは、モグラたちの希望。

アルバイトはアイドルになるための修業ではあるものの、恩返しの意味も含まれているため、自分たちを助けてくれたおばあさんや、モグラたちをサポートしてくれる地元の人たちのために、なるべく手を借りずにがんばりたいから。

健気。でも現状はお客さんがまったくこなくて途方に暮れている――。

「そこへ初めてきたお客さんが、わたしだったと」

ペンを置き、ふむふむとそれらしい顔をしてみせます。

すると茶色のもぐるくんが、ロボットダンスみたいな動きで尋ねてきました。

「『どうすれば、お客さんがくるようになる？』……」

わたしはバイトをたくさんしていますが、飲食店で働いた経験はありません。なのでその手の知識は皆無なものの、基本的なことは言えそうでした。

「とりあえず、こんな風に『書く』のがいいと思います」

トイレに間違われないように、ドアにはお店の内容を。

ビルの外には看板を。

人間のお店とは違うので、その旨を明記した説明書きも必要です。

そんな話をすると、「プロデューサー」と崇《あが》められました。

「いやいやいや、プロデューサーとか無理です。アイドルに詳しくないですし。詳しい友だちもいませんし。というか友だちいませんし」

どんな話からも自虐にもっていく、逆マウント人間っていやですよね。自分がそういう人間なんだと、わたしも初めて知りました。普段しゃべらないので。

「ふぅん」

神戸さんが、頭をぽふっとしてくれました。

もぐるくんとミチルくんは、自分たちが友だちと言うように舞っています。

そこでわたしは、生まれて初めての体験をしました。

マンガの描写ではよく見ますが、本当に胸に感覚があるんですね。痛くないけど痛みに似た、もぐるくんと神戸さんの声をあわせたような「きゅん」というあれです。三匹が優しかったので。

「わ、わたしはプロデュースなんてできません。無執着人間ですし。でも新しく現れるお客さんの中には、そういう才能を持った人がいるかも……」

こいつ他人に丸投げしやがった――そう思われるでしょうか。

実際は、もっと醜悪《しゅうあく》な下心があります。

新しいお客さんがモグラたちを好きになってくれれば、モグラたちはアイドルの夢へ近づけます。お客さんは「推し」ができて、生活にハリが出ます。

そうすればわたしは、そのお客さんと友だちになれるかもしれません。

「きゅう」

もぐるくんが、もっと教えてくれというようにわたしを見上げました。

普段のわたしは、ほぼ誰からも必要とされていません。

けれどここでは人間というだけで、モグラたちから頼りにされています。

わたしはなにもできませんが、なにもしたくないわけでもありません。

「まずは、『書き』ましょう」

このお店に初めて入ったお客さんは、おおむね混乱するでしょう。もぐるくんがいくらがんばって伝えても、読解には一時間以上かかりますし。情報を簡潔にまとめて掲示すれば、受け入れるかはともかく理解は早まります。

わたしはもぐるくんの話をノートにまとめ、お店の取説を書いてみました。「トリセツ」だと若人向けすぎるので、「説明書」くらいにしておきましょう。

加えて看板の用意や説明書を掲示しやすい形にしてもらうように、「道の駅」の人々宛てにメッセージも書きます。「おいしかったです」の言葉を添えて。

最後に個人的な提案として、小さなサングラスとヘルメットを用意するように伝えてみました。初見でモグラだとわかる人は少ないと思いますし。

「きゅう！」

もぐるくんたちは私に感謝してくれ、気合いを入れていました。

こうしてわたしの友だち作りは、実に回りくどく始まったのです。

2

この世には、「サードマン現象」という言葉があるそうで。

遭難して生存をあきらめかけていた登山家が、正体不明の霊的な存在、あるいは現象に導かれ、見事に生還を果たす――。

そういった事象を指す言葉だそうですが、最近では人生の岐路で偶然に出会った存在という意味もあると聞きました。

はたして三匹のモグラたちは、わたしのサードマンなのでしょうか。

そんな思いを抱きつつ、翌週の日曜もオフィス街へ出かけました。

記憶とアプリを頼りにお店へ向かうと、路上に妙なものを見つけます。

極小の看板です。筆で「根《ね》かふぇ」と書いてあります。ネットカフェのことを「ネカフェ」なんて略しますし、とんちが利いていますね。

地下に降りると、黒いドアに注意書きが貼られていました。これでトイレと間違われることはなさそうです。

お店に入ると前回と同じように、オーナーともぐるくん、ミチルくんが出迎えてくれました。相変わらずの熱烈歓迎なので、お客さんはまだのようです。

「きゅう……」

「そう言われましても、無執着人間には集客の方法なんて」

わたしの表情から察したのか、もぐるくんがずんと落ちこみました。

「ぴぃ……」

ミチルくんもオーナーの頭上で、ぺたんと体を伏せます。

「ふぅん」

カウンターの向こうで神戸さんが、身振りで状況を説明してくれました。

もぐるくんたちを支援してくれる古我市のみなさんは、頼めばなんでもやってくれるそうで。だからこそ、なるべく頼らずかっこいいところを見せたいようです。

それは非効率でも、アイドルとして大事な矜持《きょうじ》なんでしょうね。

「ぴぃ」

内気なミチルくんが、珍しく声を上げました。

いわく「店の前で踊れば目を留めてくれる人がいるかも」とのこと。

モグラたちは厳しい自然で育っているでしょうが、都会も怖いところです。車なんかも走っていますし、カラスや舌打ちおじさんもいますし。

「それは危険なので、もう少し様子を見ましょう」

しゅんとしたミチルくんを見て、心がちょっと痛いです。


翌週、初めてわたし以外のお客さんがきました!

夏葉さんというスーツ姿の女性で、広告代理店に勤めているそうで。

いかにも仕事ができそうだなあと、わたしは店の外で聞き耳を立てていました。

夏葉さんはこのお店を気に入ってくれたようで翌週も来店し、渋々に、けれどわたしよりはかなり乗り気で、もぐるくんたちに手を貸してくれるようです。

夏葉さんがお店を出たので、わたしは入れ替わりにこっそり入店しました。

もぐるくんたちはうれしそうなので、まずはめでたしです。

「ふぅん」

神戸さんが、名物の「さしま茶」を出してくれました。おいしいお茶をいただいていると、前髪を揺らして動きで語りかけてきます。

ざっくり翻訳するなら、「友だちになれそうかい」という感じでした。

神戸さんはわたしの陰謀を見抜いていた、というより、いまこの瞬間も全身からにじみ出ている、「友だちほしいオーラ」を感じたみたいです。

夏葉さんは、三十歳くらいでしょうか。雰囲気は若い人ですが、わたしからするとすごく大人で、仕事もすごくできそうで、さっきから「すごい」しか言ってないすごくない人間など、歯牙にもかけなさそうという印象です。

「も、もう少し、様子見で」

神戸さんがため息のように、「ふぅん」と鳴きました。

実際に夏葉さんは「しごでき」で、しばらくお店は揺れ動きました。

一時はキャパシティを超える大繁盛になったのですが、すぐにちょうどいい具合に落ち着いていきます。しごでき大人すごい。

そしてまた新しい日曜日。

夏葉さんのおかげで店内にお客さんがひとりという状態もなくなったので、わたしは仲よくなれそうな人を観察すべく、カウンター席の端に座りました。

ひとつ空けた隣の席には、冬さんという常連さんが座っています。

ミチルくんにぬいぐるみをプレゼントした裁縫ができる女性で、いまはライブに向けてみんなの衣装を手作りしているんだとか。

仲よくなってぬいぐるみ作りを教われたりしたら素敵ですが、年齢がわたしより親に近いのが気になります。対等な友だちになれる気がしません。

その背後、テーブル席には秋太郎くんという男子中学生が座っていました。

彼はわたしと同じ匂いがします。好きなものもきらいなものもなさそうで、人間ぎらいというより、「人間きらわれぎらい」な感じが。

ただ彼は、わたしと違っておしゃべり上手です。あのクールな雰囲気で淡々と「働きなよ」なんて詰められたら、わたしは中学生に泣かされる自信があります。

「やっと会えた！　ハルカさん、ですよね？」

ふいに隣の席に、夏葉さんが座ってきました。

わたしは仰天し、「あ……う……」とかすかすの声が口から漏れるばかり。

「神戸さんから聞きました。ハルカさんのおかげで、この店が始まったって」

「そん……な……こと……」

「ありますよ。この説明書がなければ、意味がまったくわからないお店ですし。ハルカさんのおかげで、みんなもぐるくんたちを推せるようになったんです」

背後のテーブル席で、「わかるー」と声が上がりました。

いつの間にか秋太郎くんの前に、彼と同年代の女の子が座っています。

「でも、書いた、だけ……」

「多くの情報を過不足なく伝える際には、文章が最速なんですよ。あの説明書がなかったら、私たちはもぐるくんに向きあえなかったかも」

「本当にそう。ハルカさん、自信持って」

今度は冬さんが話しかけてきました。

「なんの情報もないときのお店にきて、もぐるくんたちをさらっと受け入れて。それって、ものすごい才能なんじゃない？」

そんな風にほめられると、うれしい気持ちがむくむくわいてきます。

趣味も「好き」の才能もないわたしが、誰かのお役に立てるだなんて。

「きゅう」

もぐるくんが、みんなすごいと身振りで伝えてくれました。

一番すごいのは、アイドルを目指すモグラです。

もちろんこの場にいる人はみんなわかっているので、口々に「ライブ成功させたいですね」と願いをつぶやいていました。

「ぴぃ！」

ミチルくんもテンションが上がったようで、かわいいダンスを見せてくれます。

秋太郎くんは、ぐっと拳を握りしめて無言で応援していました。

そこからは、それぞれの「推し語り」が始まります。

そこで初めて聞いた「自担《じたん》」という言葉は、グループの中で自分が特別に推しているアイドルのことだそうで。夏葉さんはもぐるくん、秋太郎くんはミチルくん、冬さんは神戸さんの担当なんだとか。

モグラたちのことは好きでも特に推しが決まっていないのは、わたしと秋太郎くんの友だちの女の子だけでした。この場合は「箱推《はこお》し」と言うそうです。

「まあ晶は、秋太郎くんにくっついてきただけだしね」

それが女の子の名前で、なんと冬さんの娘さんだとか。

秋太郎くんは晶さんのことを「水海さん」と上の名前で呼び、そのお母さんのことを「冬さん」と下の名前で呼ぶ不思議な関係です。

「でもなにかを好きになるときって、だいたい人の影響でしょ。そのうちあたしが神戸さんかミチルくんのＴＯ《ティーオー》になるかもよ」

晶さんが言う「ＴＯ」は、「トップオタ」の略だそうです。その担当アイドルを一番応援している人物だと、周囲から認知されている人の呼称だとか。

「きゅう……」

もぐるくんがしゃがみこみ、カウンターを爪でひっかいています。

「落ちこまないで、もぐるくん。ハルカさんもまだ推しがいないし」

晶さんに話を振られ、どう返そうかと考えます。

考えた結果、自分の下心を始まりから伝えることにしました。

「わたしは、友だちが、欲しかったんです」

好きなこともきらいなこともなく、人としゃべるのは苦手。定職についておらず、根が真面目だからそれが不安。けれどなまけものだから、友人にお尻をたたいてほしい。だから友だちを作るために、好きなものを作ろうとして――。

「いままでわたしは、『推し』がいたことがないんです。モグラのみんなは好きなんですけど、『推し』かと聞かれるとわからなくて……」

苦労してすべてを話し終えると、なぜかみんな大爆笑でした。

晶さんが言い、

「ハルカさん、めっちゃおもろい！」

「ずっと笑ってるから不思議キャラに見えましたが、意外と分析家なんですね」

秋太郎くんが続きました。

「ハルカさん、本当に自分を卑下《ひげ》しないで。こうして友だちもできて、もぐるくんたちも夢に近づいて。あなたのおかげでみんなウィンウィンじゃない」

夏葉さんの言葉に、わたしはこわごわ返します。

「友だち……大丈夫ですか。夏葉さんも冬さんも、歳が離れてますけど……」

冬さんが笑いました。

「ハルカちゃんももうすぐわかると思うけど、大人になると友だちの年齢ってあんまり関係ないのよ。『好き』でつながっている場合はなおさら」

「お母さんと同い年の友だちって、あたしは想像つかないなあ」

晶さんの感想に、夏葉さんが続きます。

「十八歳までは、一歳の差が大きいからね。私は冬さんも、中学生ふたりも、友だちとして接してるよ。これからはハルカちゃんも」

どうやらわたしには、一度に四人もの友だちができたようです。

3

「推しなんて、難しく考えることないよ。がっつりライブに全通《ぜんつう》しなくてもいいし。姿をちらっと見たら気分いい、くらいの感じで」

アイドルとしての「もぐらのすうぷ屋さん」を推したいと思ったことで、日常でも頭の中をモグラがよぎることがあります。

それはなにも考えていない時間よりほんのり楽しく、楽しいとそれを人に語りたくなるのです。いまのわたしには、語れる友人もいます。

「カスガっちさー、いいかげん定職つきなー。あたしと同じ時給なんてさー」

いつもの日曜日。

わたしをあだ名で呼んでお尻をたたいてくれるのは、あれから三ヶ月たって高校生になった晶ちゃんです。秋太郎くんとは別の高校ですが、「もぐらのすうぷ屋さん」のおかげでいまでもふたりは友だちでいるようでした。

「きゅう！」

わたしたち以外にもお客さんが増え、もぐるくんたちがダンスレッスンに通う頻度も増えました。いまは仕事の合間に、こうして成果を見せてくれます。

「ミチルくんはかわいいけど、モグラにダンスを教える先生の存在が謎」

秋太郎くんの疑問は、わたしも感じていました。

「きゅう」

もぐるくんが、キレの増したジェスチャーで答えてくれます。

翻訳すると、「ハルカさんみたいな人が、ときどきいます」という内容でした。

「要するに、最初からモグラと対等に接する人かな」

秋太郎くんが言って、自分はどうだったかと記憶を振り返っているようです。

「あたしは秋太郎に連れられてきたけど、ひとりでだったらどうかなー」

たとえばもぐるくんを見つけた「おばあさん」や、支援してくれる古我市のみなさんもそうだと思います。それは才能というより素質でしょう。

そしてそんな素質を持った人は、実はもうひとりいたのです。


これまでのわたしたちは、スープ屋さんで働く三匹を応援してきました。

彼らが立派なアイドルになれるよう、「食べて応援」していたわけです。ですが今後はライブに向けて、各自がプロデューサーの目線を持つ必要があります。

夏葉さんは地元青年団（実はおじさんばかりらしいです）と連絡を取り、会場のブッキングや宣伝広報を担当するみんなのリーダー。

秋太郎くんはアートワークやセットリストといったクリエイティブ方面を、アイドルに詳しい晶ちゃんと一緒に。

晶ちゃんのお母さんの冬さんは、もぐるくんたちの衣装を手作りで。これがまたかわいらしくて、早くみんなの晴れ姿を見たくなります。

そしてわたしは、なにもすることがありません。誰より自由時間が多いのにと悲しんでいると、もぐるくんから打診されます。

「マネージャー、ですか……？」

スケジュールはいよいよ大詰め。もぐるくんたちもダンスレッスンにボイストレーニングと、平日も東京でがんばることになっています。

東京にもモグラが住める地面はあるのですが、土まみれのままレッスンに通うわけにもいかず。もぐるくんたちは、わたしの家に泊まることになりました。マネージャーというのは要するに、お世話係と運転手です。

日曜日の夕方、わたしはもぐるくんたちをリュックに迎えました。

「そんじゃ、ハルカちゃん。よろしくお願いします」

いつもならもぐるくんたちを連れて帰るおじさんは、今日は調理器具だけピックアップしてワゴン車で帰っていきました。

もちろんわたしたちは電車です。もぐるくんたちは初めての地下鉄にいたく興奮しているようでした。そういえば地下鉄って、連なったモグラみたいですね。

駅に着いたら、自転車に乗って我が家へ。

もぐるくんたちは体で風を切る体験も始めてみたいで、リュックから少し顔を出して気持ちよさそうにしています。

「ふぅん」

風に吹かれる神戸さん、なかなかかっこいいですね。

家に帰ると、もぐるくんたちはお風呂に入りたがりました。わたしは知らなかったんですが、モグラは水遊びが好きみたいです。

洗面台にぬるめのお湯を張ってあげると、ちゃぷちゃぷと実に楽しそう。

その様子を動画に撮ってメッセージアプリのグループに投稿すると、みんなにうらやましがられました。「いまから行く」とメッセージを送ってきた夏葉さんは、ちょっと怖いです。

そろそろ寝ましょうと電気を消したら、なにやらがさごそと物音が。

もぐるくんたちが闇の中で、おばあさんお手製の焼き肉弁当を食べていました。著しく空腹を刺激されたので、わたしも起きて一緒にお茶漬けを食べました。

翌朝は早起きして、都内の音楽教室へ。

ボイトレの先生はなにを頼まれても断れなさそうな人で、モグラたちに一生懸命リズムの取りかたを教えていました。なるほど。モグラと対等です。

終わったらいったん家に帰って、またモグラたちをお風呂に。

「きゅう」

「え。これから食事に出るんですか？　四時間も？」

どこでなにを食べるのかは、聞かないほうがよさそうです。

なのでわたしは、三時間だけ隙間バイトを入れました。

仕事を終えて部屋に戻ると、モグラたちがトレーニングの復習をしています。

ダンスレッスンも成果が出ていて、三匹で踊る姿はなかなかです。


マネージャー生活も二週間がすぎ、ライブの日程が近づいてきました。

もぐるくんたちも仕上がっています。会場も押さえ、現地向けの告知も行い、衣装やポスターの小道具も万全。

でもまだ足りないものがあります。音響と照明です。

ライブハウスなら会場でスタッフを用意してもらえますが、公民館で音楽を流したりスポットライトを使うには、現地に専門家が必要です。

これぱかりは手弁当で用意できないので、お金を払って雇うことになりました。

そのためにはスポンサーが必要……大人の世界です。

かくしてわたしはもぐるくんたちをリュックに詰めて、スポンサーさんに「ごあいさつ」をすることになりました。責任重大です。無理です。帰りたい。

「きゅう」

逃走心が顔に出ていたのか、もぐるくんが励ましてくれました。

励まされても、どうにもなりません。名刺の受け渡し、面接の受け答え、そういうことは就活対策として学びましたが、なにしろ実践が皆無です。

ただひとつ、いいこともあります。

今回興味を示してくれた企業さんは、「もぐらのすうぷ屋さん」が入っているビルの大家さんなのです。すなわちバーのオーナーさんです。

待ちあわせの場所も勝手知ったるいつものお店なので、いくらか緊張も和らぐ……なんてことはなく、わたしはノブを握ったままかちこちになった右手を、左手をハンマーにしてたたくことでドアを開けました。

「こここ、こんにちは」

声をかけても反応がありません。まだいらっしゃっていないかと思ったら、とことことオーナーが近づいてきました。もちろん犬のほうです。

「ああ、知ってる顔の心強さ」

わたしはしゃがみこみ、オーナーの首元にわしわししました。そうして横顔をべろんべろん舐められながら、「どうしてオーナーが？」と疑問を浮かべます。

「お待ちしておりました、ハルカさん」

ふいにしわがれた男性の声が聞こえ、わたしは飛び上がりました。

しかし辺りを見回しても、人の姿はありません。

「送っていただいた資料、読ませていただきました。よくできています。きっとイベントは成功するでしょう。もちろん援助させていただきます」

しわがれ声は、どうやら天井近くのスピーカーから聞こえてくるようでした。普段はそこから有線放送が流れています。

「ありが、と、ござ……す」

緊張しきりのわたしを見かねて、リュックからもぐるくんたちが飛びだします。

三匹それぞれがお辞儀をして、きちんと誠意を示しました。

「こちらこそ、ありがとう。私はもう老いてしまい、この店を続けられなくてね。実は夜のバーも、人に任せてしまっているんです」

あいづちくらい打つべきでしょうけど、相手の姿が見えないので難しいです。ひとまず目の前にいる犬のオーナーを見て、ふむふむとうなずいてみました。

するとわたしに倣《なら》って、三匹のモグラも同様にふむふむします。

「小さなお店というのは、楽しいものでしてね。なにしろお客さんひとりひとりの顔がよく見える。人柄がわかる。人生がわかる。まあハルカさんなんかは、そういうお店は苦手かもしれませんが」

ふいに話を振られて、わたしはびくりとなりました。

たしかに「いつもありがとね」なんて個人として認知されると、もうその店には行けなくなるわたしです。純粋なお客さんではいられなくなりそうで。

なかなかに鋭いというか、この犬はわたしを知っているのでしょうか。いやしゃべっているのは犬ではないんですけど、人のイメージがわかないので。

「きっとハルカさんを始めとした常連さんは、不思議に思っているでしょう。どうして私が、モグラたちに店を貸すことにしたのかと」

当のモグラたちも気になるらしく、三匹が並んでくいくいしています。

「簡単なことです。私はね、スープの店を始めるモグラより、もっと不思議な存在をたくさん見てきたんですよ。本当にそれだけです」

具体的なことはなにもわからないのに、その言葉には妙な説得力がありました。私の前にいるのが犬だからかもしれません。

「ハルカさん。この店のお客さんたちも、みんな素敵な人生になりましたね」

「それはたぶん、もぐるくんたちの、おかげです……」

ひいてはオーナーさんのおかげですとゴマをすりたかったのですが、慣れていないので言葉が尻すぼみます。

「モグラたちは、便利屋ではありませんよ。困難を解決したりはしてくれません。バーのマスターと同じく、ただ話を聞くだけです」

言われてみれば、そうかもしれません。現状ではむしろわたしたちのほうが、もぐるくんたちの困難を解決する側です。

「ただ、間違いなく『きっかけ』ではあります。悩みのほとんどは、自分以外に解決できません。自分を助けるのは自分です。そして『きっかけ』は、あなたの悩みをはっきりさせたり、荒んだ心を和ませてくれるのに役立ちます」

なんだか知っている言葉のようで、すっと頭に入ってきました。

「いまのハルカさんがあるのは、あなた自身のおかげですよ。まあ……私が無理に引っ張りこんだというか、ふくらはぎを押したところもありますが……」

「え？　そんなこと、あり、ました……？」

「がんばってください、ハルカさん。みんな応援していますよ」

犬のオーナーが奥に引っこんで、封筒をくわえてきました。中にはお金が入っていたので、わたしは深々と頭を下げます。

「ハルカさん。最後にひとつ、お願いがあります。もしよければ――」

スピーカーから聞こえたその願いに、わたしは珍しくはっきり答えました。

「はい！　喜んで！」

犬のオーナーとスピーカーに頭を下げ、わたしたちは店を出ました。

「きゅう！」

ライブの二日前、「もぐらのすうぷ屋さん」の営業を終えると、もぐるくんたちはおじさんの運転する車で帰っていきました。ちっちゃなシートベルトを締めて、ちっちゃな手を振って。

「がんばって！　大丈夫！　絶対に成功するから！」

三匹のモグラを常連客みんなで見送り、不安と期待に胸を膨らませます。

翌朝、わたしたちはまたお店の前に集合しました。

「あ、きたよ。それじゃあ私たちも、行こうか」

夏葉さんが言うと、裏路地にワンボックスカーが一台停車しました。

運転席には冬さんが座っています。

現場に「前乗り」するために、レンタカーを借りていました。犬のオーナーも一緒に連れていってほしいというのが、オーナーさんのお願いだったからです。

「お母さん、運転久しぶりで大丈夫？　ゴールデンウィークって混むよ」

晶ちゃんが珍しく不安そうで、聞いているこちらもどきどきです。

「車売っちゃったから、三年ぶりかな。勘が戻るまで安全運転しないとね。夏葉ちゃんとか運転できるなら、助手席乗って」

冬さんの頼みを受けて、夏葉さんが答えます。

「免許はあるけど、私ペーパーなんですよ。ハルカちゃんは？」

「同じくペーパーです」

学生のときに取っておけと親に言われ、真面目なわたしはこつこつ教習所に通っていたのでした。身分証明書としては役に立っています。

「私よりペーパー期間は短いから、いざというときはお願いね」

夏葉さんに頼まれて、わたしの体は固まりました。

しかしいざ出発すると、冬さんの運転は問題ありませんでした。ブランクといっても三年ですし、晶ちゃんが小学生の頃は習い事の送り迎えをしていたそうで。

おかげで道中はわいわいと、みんな自担のモグラについて熱く語ったり、おいしかったスープを教えあったり、おしゃべりが咲き乱れました。

「なんか修学旅行みたいな雰囲気」

晶ちゃんが言うと、

「大人の修学旅行、か」

秋太郎くんが、高校生になってさらに磨きがかかった妙な口調でしゃべります。

けれどわたしも、言い得て妙だと思いました

歳上の人に対して相応の敬意はありますが、楽しいことを話すのに年齢は関係ないのです。「社会人の友だち作りが難しい」という現象は、学生時代の友だちと同種のものを求めすぎているからかもしれません。

そんなこんなで途中で道の駅に寄ったり、茶園を見学したりして楽しみつつ、古我市の公民館に到着しました。

しかし旅行気分はここまで。我々はファンでありながらスタッフでもあるので、会場設営のお手伝いをするための前乗りなのです。

道の駅チームの代表である渡良瀬《わたらせ》さん、すなわちもぐるくんが言うところの「おじさん」に、たくさんのメンバーを紹介されました。あのおいしいスープやパンを作った人たちに会えて、一同大感動です。

「今度は、文化祭みたい」

設営作業を始めると、また晶ちゃんが言いました。

ライブ会場はいわゆる体育館です。客席となる中央の辺りにパイプ椅子を並べ、両側には毛布や座布団、体育館の運動マットを敷き詰めます。ご年配のかたの来場が予想されるので、椅子に座るのがつらい場合に備えて。

「文化祭くらいが、ちょうどいいんだよ。もぐるくんたちが輝きたいのは、おばあさんのためだけだからね」

夏葉さんは笑っていましたが、言葉に後悔がにじんでいる気がしました。

かつて夏葉さんは、もぐるくんたちが望む以上にお店をバズらせてしまったことがあります。それをまだ気にしているから、誰よりもがんばっているのでしょう。

「『もぐらのすうぷ屋さん』のみんなは、夏葉さんに感謝していると思います」

思わず言葉をかけてしまい、しまったと赤くなりました。

こんなこと、わたしが言うまでもなくみんなわかっているのです。

「ありがとね、ハルカちゃん」

優しい夏葉さんは、へへっと笑ってくれました。

「実際そうですよ。僕たちは推しが夢をかなえる現場にきているんです。ここはミチルくんたちにとっては、武道館ですから」

秋太郎くんが、ちょっと熱っぽく語ります。

「そうそう。私たちを含むみんながいないと、『もぐらのすうぷ屋さん』だって輝けないからね。愚痴と夢は口に出してなんぼ」

冬さんの言葉が、しみじみと胸に染み入ります。

前にも言った推し活を「欲望の代替行為」なんて言う人は、ファンの応援がなければ中心にいる人も輝けないと知らないのでしょう。

「あたしね、カスガっちに謝らなきゃいけないことがあるんだ」

隣で作業をしていた晶ちゃんが、ぼそっと言いました。

身に覚えがないので、どきんと胸が脈打ちます。

「悪いことじゃないんだから、そんなに身構えないで。もう箱推しじゃなくなっちゃったってだけ。お母さんと同じで、神戸さん推しになっちゃった」

「そうなんです？」

「お店で神戸さんと話してたとき、『地下アイドル』って単語が出たんだよね。そしたら神戸さん、『その呼びかたは人間にはふさわしくない』って」

例の前髪を「ふわっ」てやるやつをしながら言ってそうです。

「それ、すっごい刺さっちゃって。昔は『インディーズ』だったのに、いまはジャンル関係なく『地下』って言う空気が、なんかやだなって思ってたから」

そういえば、冬さんから聞いたことがあります。晶ちゃんは「新たまねぎ」と「たまねぎ」の違いとか、細かいところを気にするって。

つまり晶ちゃんと神戸さんは、感性が同じなのでしょう。「きらいなものが一緒」というのもまた、仲よくなるには大事なことだと思います。

「親子で推しが一緒なら、家でも楽しいですね」

「あたし、同担拒否気味なんだよねー」

親子で好きなものが同じなんて、素敵なことだと思います。もとは箱押しなんですから、どうか博愛の精神を持っていただけますように。

「ハルカさん、写真いいですか。いつかまたみんなで会ったときのために、作業風景を残しておきたいので」

秋太郎くんに声をかけられ、わたしはタオルで顔を隠しました。

「困ります。恥ずかしいです」

「ハルカさん、明るいのに自己肯定感低いですよね。たぶん『普通』の理想が高いんです。高いハードルはいつまでも超えられないから、自分をほめてあげられない。そういうときは、『簡単でいやなこと』をやるといいですよ。写真を撮られるとか」

「わかりました！　撮って！　詰めないで！」

　秋太郎くんに写真を撮られると、たしかに自己肯定感は上がりました。いやなことに挑戦できたし、高校生に詰められても泣かなかったし、わたし偉い。

　どたばたと設営を終えて、みんなで予約したホテルへ。

　疲れ切っていたのですぐに布団へ入りましたが、眠りに落ちる前に秋太郎くんの言葉を思いだしました。自己肯定感うんぬんではありません。

『いつかまたみんなで会ったときのために――』

　もぐるくんたちの、わたしたちのゴールは、もうすぐそこなのです。


　体育館の雰囲気は、お花見に似ていました。

　あちこちでがやがやと人がしゃべり、子どもたちが走り回り、大人たちはお酒を飲んで笑いあったり、お重《じゅう》の黒豆をつついたり。

「まあどこの現場も、テンションはこんな感じだよね」

　私はライブ会場に足を運んだことがないのでわかりませんが、経験者の晶ちゃんによればそうらしいです。客層は違っても、わくわく感が同じだとか。

　前方の席は、おばあさんや地元のかたに座っていただきました。わたしたち遠征組は後方に陣取ります。といっても、前にいるのも十人ほどです。

「えー、みなさま。本日はお日柄もよく――」

ループタイを結んだ年配男性が、壇上で進行をしています。こういうお祭りが大好きな、地元の校長先生だそうです。

「うー、緊張してきた」

一番堂々としていそうな夏葉さんが、気弱に眉を下げていました。

わたしや冬さん、秋太郎くん、晶ちゃんだって同じ気持ちです。

「それでは、本日の主役にご登場願いましょう」

校長先生が舞台袖を指さすと、「もぐらのすうぷ屋さん」が現れました。

その小ささに、お客さんたちがみな首を伸ばしています。客席前にはモニターもあるので、そちらではアップの顔が見えました。

「きゅう！」

もぐるくんが大きく鳴くと、会場が一気に盛り上がります。

今日の装いは貴族みたいなフリルのシャツと、袖にフリンジがついた上着。

おばあさんたちは昭和の歌謡スターを思いだしてなつかしく、わたしや晶ちゃんのような世代には一周回って新しく。

そんな思いをこめて、冬さんが作った衣装です。

「お母さん、泣くの早いって」

晶ちゃんが、冬さんの背中に手を添え笑っていました。

「だって、神戸さんが、かっこよすぎて……無理……」

自分の作った衣装を推しが着ているのだから、感動もひとしおでしょう。無自覚ナルシストな神戸さんには、ことさらに似あっていますし。

「ぴ、ぴぃ」

ミチルくんも勇気を振り絞り、みんなの前で手を振りました。

ちらと秋太郎くんを見ると、歯を食いしばって拳を握りしめています。推しへの愛が深すぎます。怖いので、しばらく見ないようにしましょう。

「きゅう！」

もぐるくんのかけ声で、会場に音楽が流れ始めました。

ボイトレでがんばってはみましたが、やっぱりモグラは声が長くは続きません。だからパフォーマンスのメインはダンスになります。

神戸さんが前面に出てきて、その背後からもぐるくんとミチルくんが顔を出す。

ミチルくんが華麗に踊る左右で、もぐるくんと神戸さんがステップを踏む。

その様子をみんなが微笑ましく見守り、声援を上げ、拍手で盛り上げました。

「せんきゅう！」

たぶん空耳ですけど、一曲目の終わりにもぐるくんがそう叫んだ気がします。

今日のセットリストは三曲で、ライブの時間は十五分。

もぐるくんたちが食事をせずに動ける時間は限界がありますし、長時間座るのが苦手なお年寄りも多いので。

「盛り上がってるかな……？　カスガっち、盛り上がってるよね？」

晶ちゃんが不安と期待が入り交じった目で、会場を見回しました。

自分がおばあさんだったら、古い曲だけでなくいまの曲も聴きたい。そう思うはずだと二曲目にラップをチョイスしたので、不安だったのでしょう。

「ご覧の通り、ぶち上がりです」

肩を揺らしてステージ上を動き回るもぐるくんたちはかわいらしく、それでいてアイドルの輝きもあり、お客さんたちは大喜びです。

「SNS禁止にしてよかった。こんなの絶対バズる」

夏葉さんが、きらきらと瞳をうるませました。

本日は撮影自由ですが、SNSへのアップロードだけは不可というお達しを出しています。昔といまの中間のルールで、ファンを尊重するやりかただそうで。

「きゅう！」

あっという間に、最後の曲になりました。

隣でずっと撮影をしていた秋太郎くんが、スマホを三脚に固定します。

わたしたちはファンとして「もぐらのすうぷ屋さん」を応援しつつも、スタッフとしてどきどきしながら見守ってもいました。

ですが最後の曲は、純粋なファンとして向きあいたいのです。

「ハルカちゃん、サイリウム」

照明が消えて暗幕が引かれる前に、冬さんが光る棒を渡してくれました。

スローテンポの曲にあわせ、頭上に掲げたそれをゆっくりと振ります。

もぐるくんたちは目がほとんど見えないため、聴覚と嗅覚で周囲の状況や人々の反応を察知して、わたしたちとコミュニケーションを取ってくれました。

けれど光の明暗くらいなら、モグラでもわかるのだとか。

いまならわたしたちの感謝を余すことなく、ストレートにもぐるくんたちに伝えられるでしょう。

サイリウムやペンライト、それがない人はスマホのライトを掲げて。

闇の中でゆっくりと動く光の美しさに、自然と涙がこぼれます。

「きれいだねえ」

誰が言ったのかはわかりませんが、わたしは目をそらさずにうなずきました。もしかしたら、長くお世話になった脳内友人が言ったのかもしれません。

「きゅう！」

「ぴぃ！」

「ふぅん！」

曲が終わり、舞台が明転し、「もぐらのすうぷ屋さん」のみんなが舞台の中央で頭を下げました。アンコールはないので、これですべてが終わりです。

「おばあさんは、どんな感じですか」

お客さんたちが立ち上がったので、背伸びをしても前の様子がわかりません。

「笑ってます。にこにこと。寿命が延びたという顔です」

背の高い秋太郎くんが、少し盛って報告してくれました。

「これで、すべて終わりました。ご支援ありがとうございました」

わたしはその場にかがみこみ、オーナーの首をわしわししました。代わりにべろべろとほっぺを舐められましたが、きっとしょっぱかったでしょう。

「まだ終わりじゃないよ」

ふっと男の人の声が聞こえ、わたしはびくりとしました。

ですがしゃべったのはオーナーではなく渡良瀬さん、すなわちおじさんです。

これからおじさんの家で打ち上げというか、歓迎会というか、ともかく宴《うたげ》を催してくださるのだとか。

「聖地巡礼！　お母さん、行こう！」

晶ちゃんと冬さんが、手を取りあってはしゃいでいます。

言われてみれば、古我市はもぐるくんやミチルくんの故郷であり、すべての始まりとなった畑もあります。これを見学できるのは貴重な経験です。

私たちはがやがやと移動し、聖地を巡礼し、おじさんの大きな家でおいしいスープの素材になっている古我の野菜料理をたっぷりと振る舞われました。

あのショウガのスープをまたいただけて、いろんな意味で体があたたまります。

「みなさん、本当にありがとねぇ」

おばあさんとも、直接ご挨拶させていただきました。

お顔のつやもよく、もぐるくんから伝え聞いていたよりもお元気そうです。

これこそ推しの夢の成就《じょうじゅ》だと、遠征組は無言でグータッチしました。

「どうぞ、どうぞ。みなさん飲んでください」

おじさんから、冬さん、夏葉さんに地酒が振る舞われます。

調子に乗ったわけではないのですが、わたしもひとくちいただきました。普通のお酒も飲んだことがないので食レポはできません。

ただお酒というのは、思ったよりもおいしいと感じました。

「初めて飲むなら、今日はここでやめておいてね」

「あ、はい」

夏葉さんに言われて、素直に杯《さかずき》を置きます。冬さんも明日運転があるからと、ほどほどで切り上げていました。

「ハルカちゃんって、なんか地元の人っぽいなあ」

夏葉さんはひとりごとが多いので、わたしに言ったのか微妙なラインです。

「たぶんわたしが、なんでも受け入れてしまうからかなあ。生業《なりわい》は隙間バイトで都会にこだわりもないし、今日からだって住めると思うなあ」

こちらもひとりごとっぽく返したら、反応がありました。

「じゃあ住んじゃえば？　みんないい人だし、野菜もおいしいし。ここに住めば、ずっともぐるくんたちに会えるし」

それもありですが、逆に友だちが遠くなってしまいます。オーナーも。

「きゅう！」

「ぴぃ！」

「ふぅん」

食事を終えて身繕いした「もぐらのすうぷ屋さん」の面々が、やっと会いにきてくれました。今日はミチルくんまで、指先をハグしてくれます。

「おつかれさまでした。みんな、かっこよかったです」

もぐるくん、ミチルくん、神戸さんのそれぞれと、握手をするように指で触れあいました。人生で一番楽しい時間をすごせましたと、感謝もしっかり伝えます。

「ふぅん」

神戸さんが鳴いて、しゃかしゃかと手足を動かしました。

「『いまと同じくらい楽しい時間は、きっとこの先もくる。けれど今日という日のことは決して忘れない』……」

冬さんが翻訳し、目頭をそっと押さえました。

神戸さんらしい、かっこよくて、優しくて、前向きな別れの言葉です。

「そっか。神戸さんはまた、旅に出ちゃうんだ……」

いつも元気な晶ちゃんも、さすがに悲しそうな表情です。

もぐるくんやミチルくんとはいつでも会えますが、さすがに神戸さんは難しいでしょう。また会えることもあるかもしれませんが、いまはさよならの時間です。

「きゅう……」

もぐるくんが駆け寄って、神戸さんに抱きつきました。

「ぴぃ……」

ミチルくんも続きます。

肩を寄せあう三匹のモグラを見て、みな目頭を熱くせずにはいられません。

わたしの視界はすっかりぼやけてしまい、モグラが四匹いるように見えました。

「待って、これ。一匹、多い……？」

夏葉さんの声で、わたしは涙を拭って三匹を見つめます。

すると神戸さんよりもいくらか色が薄い、白灰色のモグラがまぎれていることに気がつきました。大きさは、もぐるくんと変わりません。

さすがの三匹も驚いたのか、ぱたぱたと手足を動かし慌てています。

四匹目のモグラはきりりとした顔で、なにか言いたげでした。どうにか理解しようとして、モグラたちが顔を寄せあいます。

それから四匹目と意思の疎通を図るのに、小一時間ほどかかりました。

ひとまず名前は、越後《えちご》くんと呼んでおきます。

越後くんはエチゴモグラで、新潟《にいがた》県の出身だそうで。モグラの識別は専門家でも難しいようですが、モグラが言うのだから間違いないでしょう。

越後くんは神戸さんに似て旅人気質で、新潟を離れて自由気ままに穴を掘って放浪していました。ですが神戸さんのように人と触れあうことも、ほかのモグラと交流を持つこともなかったそうです。

そんな越後くんがお気楽に穴を掘り進めていると、生まれて初めて同族の信じられないくらい大きな声を聞きました。

要するに、マイクで増幅されたもぐるくんたちの歌です。

好奇心を刺激された越後くんは体育館に近づき、同族の声や観客の声援をびりびりと体に浴びました。見えずとも、熱気を肌で感じたそうです。

越後くんのモグラ観は、おおいに揺らぎました。同じモグラでも「もぐらのすうぷ屋さん」の三匹と自分は、まるで違う生き物だと。

そして嗅覚を頼りにおじさんの家にたどりつき、そこでも人を喜ばせているモグラたちを見て、越後くんはますます衝撃を受けます。

彼らの周囲でなんども出てきた言葉を覚え、気づけば体が動いていました。

もぐるくんたちに抱きついて、がむしゃらにこう叫んだのです。

「『俺も、アイドルになりたい！』」

4

公民館ライブの日から、もう二ヶ月ほどたったでしょうか。

夏葉さん、秋太郎くん、冬さんに晶ちゃんは、みんな自分たちの生活に戻っていきました。もちろんいまでも連絡を取りあっています。

わたしはと言えば、それまでの人生とは百八十度変わりました。

「積みこみ終わりました。行ってまいります」

道の駅のみなさんに挨拶して、わたしはワゴン車の運転席へ。

まだ実質運転歴が二ヶ月なので、死ぬほど安全運転で出発です。

「それじゃあ、行きますよ」

わたしが声をかけると、

「きゅう」

「ぴぃ」

「くぉ」

と、後部座席でもぐるくん、ミチルくん、越後くんが鳴いてくれました。それぞれが小さなシートベルトを体につなぎつつ。

去り際の神戸さんが、みんなに教えてくれました。

「『気づいていないだけで、モグラはみんなさびしがりやかもしれない』」

モグラは群れを作らず、孤独に生きる動物です。

さびしいという感情は、ないはずです。

ですがそれも生存競争の結果であり、世界がもっとモグラにとって暮らしやすかったなら、生きかたは変わっていたのかもしれません。

神戸さんの言葉は、わたしにも響きました。

わたしはそれこそモグラのように、ひっそり孤独に生きていました。

それがいつしか、別れをさびしいと思うまでになりました。

不思議なことに、それを教えてくれたのもまたモグラなのです。

もぐるくんは、アイドルになりたいという越後くんを無視できませんでした。

その場で「もぐらのすうぷ屋さん」の再結成を、おじさんに直訴します。神戸さんが脱退し、越後くんが新メンバーとして加入する形です。

道の駅のみなさんは、ふたつ返事で承諾してくれました。

ただおじさんは週一とはいえ、古我市と都内を往復するのはたいへんだと、少しばかりお疲れのようです。

「わた、わたしを、やとと、雇ってください」

考えるより先に、言葉が出ていました。しかし内容は意味がわかりません。

人とまともにしゃべれない。職歴もない。古我に住んでいるわけでもない。運転すらもできない小娘を雇えなど、ずうずうしいにもほどがあります。

ただ、以前に夏葉さんからこう言われました。

「好きなものもきらいなものもない人は、ハブになれるんじゃない？」

わたしの頭にはマングースと戦う大蛇が浮かんでいましたが、ＵＳＢハブとか、ハブ空港とか、そっちの意味のようです。自分の主張がないから、人と人の間に入れる。人と人をつなげられると。

そんなことが自分にできるなんて思っていませんでしたが、いまのわたしは古我市に住み、週の半分は道の駅で働いています。日曜日は東京へモグラの送迎です。

相変わらずおどおどしていますが、孤独とは無縁の生活になりました。

わたしを助けるのはわたしだけと、かつてオーナーが教えてくれました。

ほかのプロデューサーは「もぐらのすうぷ屋さん」こそ人生が上向くきっかけだったと思いますが、わたしにとっての「サードマン」はオーナーだと思います。オーナーにふくらはぎを押されたのは、わたしだけですから。

「きゅう！」

後部座席では、もぐるくんが越後くんにジェスチャーを伝授しています。

「ぴぃ」

後輩ができたからか、ミチルくんも少し頼もしくなりました。

かつての「もぐらのすうぷ屋さん」の目標は、公民館ライブを開催しておばあさんを元気づけること。

いまの目標は、越後くんを立派なアイドルに育てあげることだそうです。

それまでしばらく、アンテナショップとしての「もぐらのすうぷ屋さん」は続いていくのでしょう。わたしもハブとして、マネージャーとしてがんばります。

「くぉ」

越後くんの鳴きかたは独特で、いまからライブでの歌声が楽しみです。

この物語はフィクションです。
実在の人物、団体等とは一切関係がありません。
本書は書き下ろしです。

鳩見すた先生へのファンレターの宛先

〒101-0003　東京都千代田区一ツ橋2-6-3　一ツ橋ビル2F
マイナビ出版　ファン文庫編集部
「鳩見すた先生」係

ファン文庫

（アイドルを目指す）
もぐらのすうぷ屋さん

2024年11月20日　初版第1刷発行

著　者　　鳩見すた
発行者　　角竹輝紀
編　集　　濱中香織（株式会社imago）
発行所　　株式会社マイナビ出版
〒101-0003　東京都千代田区一ツ橋2丁目6番3号　一ツ橋ビル2F
TEL 0480-38-6872（注文専用ダイヤル）
TEL 03-3556-2731（販売部）
TEL 03-3556-2735（編集部）
URL https://book.mynavi.jp/

イラスト　　sora
装　幀　　雨宮真子＋ベイブリッジ・スタジオ
フォーマット　　ベイブリッジ・スタジオ
ＤＴＰ　　富宗治
校　正　　株式会社鷗来堂
印刷・製本　　中央精版印刷株式会社

 ISBN978-4-8399-8709-1
Printed in Japan

Fan
ファン文庫

江ノ島は猫の島である

家に次々とやってくる猫たちの悩みを解決していく
もふもふハートフルな物語

とある事情で会社を辞めた小路は、江の島の家に引っ越しをする。引っ越しから数日、庭にやってきた猫の声が突然聞こえるように!?

著者／鳩見すた
イラスト／二ツ家あす